Les forcés de la route

DU MÊME AUTEUR

Petites histoires du 100 mètres et autres disciplines olympiques, avec Gérard Schaller, Hugo & Cie, Paris, 2012

Étienne Bonamy

Les forcés de la route

roman

en exergue.
éditions

Couverture : Jarko Telebak (ZS Studio)
Photo de couverture : © Roger Parry
(Patrimoine photographique de l'État)

ISBN 979-10-97469-29-0

www.en-exergue.fr

« Ceux qui ont fait du vélo savent que dans la vie rien n’est jamais plat. »

René Fallet

1

L'obligation d'aller refaire un Tour

Samedi 22 août 1942

Günther Kezer monta quatre à quatre les marches de la station de métro Opéra, serrant le journal dans une main et son cartable en cuir noir dans l'autre. À l'air libre, il obliqua hâtivement à droite pour se diriger vers la grande terrasse du café de la Paix et fondit sur une table libre. Une chance. Au soleil. Il s'assit, déplia ses jambes et son exemplaire de *La France socialiste* et relut encore la une. L'officier allemand souriait. Satisfait. Le titre barrait le bas de page : « UNE ORGANISATION DE LA FRANCE SOCIALISTE, DU 28 SEPTEMBRE AU 4 OCTOBRE : LE CIRCUIT DE FRANCE ». L'article du quotidien parisien poursuivait :

« Nous avions dit, voici quelques semaines, notre espoir d'organiser la plus grande épreuve cycliste depuis 1939. Nous voulions rappeler qu'il n'y a qu'une seule France. Nous allons pouvoir tenir nos promesses. Lundi 28 septembre, 72 coureurs répartis en six équipes de 12 hommes partiront pour relier Paris à Paris à travers la campagne de France… »

En page intérieure, le texte, signé collectivement « La France Socialiste », validait enfin officiellement le projet que le major Kezer accompagnait depuis le mois de mai. C'était aussi sa réussite. Il s'attachait à chaque mot.

« Les problèmes à résoudre pour mettre sur pied le Circuit de France ont été de tous ordres. Comme nous l'avions prévu et écrit, les difficultés les plus rudes n'ont pas été d'ordre matériel. Les autorités d'occupation ont montré une sportivité parfaite… »

« Une sportivité parfaite », ça sonnait bien aux oreilles de Kezer. C'était ça, « parfaite ». Abandonnant son journal, le major s'intéressa à la carte des boissons posée sur la nappe et commanda un verre de moselle blanc 1938, un vin à la carte depuis deux ans. Son préféré quand il venait ici. Il se redressa sur sa chaise et s'étira. La terrasse du café de la Paix, joyeusement animée, était remplie de jolies filles, la vue sur la façade de l'Opéra était envoûtante, comme à chaque fois. Et son rendez-vous, l'auteur de l'article de *La France socialiste*, s'approchait. Il lui fit un signe de la main. La fin de matinée s'annonçait bien.

— Bonjour, major !

Jean Leulliot se tenait debout devant l'officier et tira une chaise pour s'asseoir. Il avait mis moins de dix minutes pour venir à pied des bureaux de la rédaction, depuis l'immeuble de la rue de Gramont. Le rédacteur en chef de la rubrique sportive du quotidien posa un dossier sur la table. Dessus, il était écrit en lettres capitales : LE CIRCUIT DE FRANCE. Tout un programme.

— Et voilà ! lança fièrement le journaliste.

L'ambiance du café de la Paix ajoutait maintenant une note détendue à ce qui ressemblait à l'épilogue d'une aventure. Leulliot commanda une Suze et sortit ses papiers.

Quatre mois de préparation et d'attente se résumaient en quelques feuillets. Leur lecture ne disait pas toutes les inquiétudes et difficultés rencontrées mais elle affirmait une ambition. La première grande course cycliste à étapes dans toute la France, depuis 1939 et la suspension du Tour de France les étés suivants, allait prendre le départ. Malgré tout, malgré tous.

Suiveur émérite du Tour de France avant la guerre, spécialiste du cyclisme à *L'Auto*, adoubé par Jacques Goddet et Henri Desgrange, les patrons de la course, Leulliot avait légendé ses héros, conté ses drames, et avait fini par s'asseoir aux côtés de Goddet dans la voiture du directeur de course, promu responsable du suivi de l'équipe de France. Il n'avait pas trente ans. La consécration. L'occupation allemande dès juin 1940, le décès de Desgrange quelques semaines plus tard et le refus de Goddet de poursuivre la compétition lui avaient offert soudain un autre destin. Le Tour en était resté là, au succès du Belge Sylvère Maes devant René Vietto en juillet 1939. Trois ans déjà. Le journaliste avait quitté *L'Auto* et collaborait à *La France socialiste* depuis son lancement en novembre 1941.

Dans une France partagée en deux zones, occupée au nord et « libre » au sud, les autorités allemandes avaient rapidement insisté sur la relance du Tour, histoire de montrer et d'affirmer que la vie reprenait son cours normal. Jacques Goddet avait repoussé la proposition cette année-là. Pourtant, dès les premières semaines de l'Occupation, son quotidien *L'Auto* était passé sous la coupe du trust allemand Hibbelen, détenteur de l'essentiel de la presse parisienne et contrôlé par Otto Abetz, l'ambassadeur d'Allemagne en France. Il continuait à feuilletonner l'actualité du championnat de France de football, des combats de boxe, des meetings d'athlétisme ou des courses cyclistes. *L'Auto* était aussi propriétaire du Parc des Princes et du Vélodrome d'Hiver. Ça tournait rond. Mais, au printemps 1942, Goddet ne voulait toujours pas relancer l'épreuve.

Le 3 mai, Leulliot était dans son bureau de la rue de Gramont quand le téléphone avait sonné.

— Jean ? Bonjour, c'est Daudet. Vous pouvez passer me voir ?

Daudet. Georges Daudet. Patron de *La France socialiste*. Daudet, proche de Pierre Laval, le chef du gouvernement du maréchal Pétain. Daudet, proche d'Otto Abetz. Daudet, proche de tout ce qui symbolisait l'autorité de l'Occupant. Il était, pour une fois, au journal.

Cinq minutes plus tard, le rédacteur en chef des sports avait toqué à la porte capitonnée du bureau.

— Jean, j'ai dîné avec Abetz il y a trois jours, annonça d'emblée Daudet.

René Château, le directeur de la rédaction, aussi empressé de collaboration que son patron, se tenait assis en bras de chemise, une fesse posée sur le radiateur près de la fenêtre. Le trio avait pris des mines de conspirateurs.

— Les Allemands m'ont encore parlé du Tour de France. C'est votre truc, ça. Vous m'aviez dit qu'on pourrait être en mesure de refaire le Tour de France puisque Goddet se dégonfle. Vous vous souvenez ?

— Oui, mais... répondit Leulliot.

— On pourrait imaginer que *La France socialiste* en soit l'organisateur, comme *L'Auto*, non ?

Daudet débitait ses arguments.

Leulliot, dubitatif, réfléchissait. Le Tour et le cyclisme, c'était l'ambition d'une vie. Sa quête. Le projet d'un redémarrage alimentait sans cesse la rumeur. On en discutait au début du printemps puis on oubliait avant l'été...

— C'est... enfin, c'est beaucoup de préparation, d'argent. En ce moment, on ne peut pas tout faire comme avant. Et à quelle date ? On est en mai...

— Cet été, évidemment, répliqua Daudet. Comme le Tour. Abetz m'a assuré qu'il mettrait les moyens à notre disposition. Il faut en parler avec le colonel Pascot. Vichy va nous aider, la Fédération aussi. Allez, on doit frapper un grand coup, c'est bon pour la France. Tout le monde y viendra.

— Mais ça ne peut pas être le vrai Tour de France, le nom appartient à *L'Auto*... protesta Leulliot, sonné par la requête.

— Eh bien, on lui trouvera un autre nom, interrompit Château, jusque-là muet.

Les trois hommes étaient encore restés quelques minutes à divaguer sur le sujet et Daudet s'était levé, l'entretien prenait fin.

En rejoignant son bureau à l'étage inférieur, Leulliot avait failli percuter Constantin Brive et Noël Brisseau, deux reporters de la rubrique sportive.

— Des soucis ? siffla Brisseau.

— Non, pas du tout. En fait, je viens de voir Daudet. Les Allemands veulent relancer le Tour de France cet été et le patron me demande d'y réfléchir.

Les deux hommes s'étaient regardés. Brive avait tiré Leulliot par le bras.

— Vraiment ? T'es sérieux ? Attends, explique…

— On déjeune chez René tout à l'heure. Je vous raconte tout, ou du moins ce que j'ai compris.

Et Leulliot avait disparu sur le palier.

Deux heures plus tard, en quittant la salle du Clairon breton où la cuisine de René était aussi maigre et peu salée que son addition, le trio était motivé mais sans la moindre idée de ce qu'il fallait faire. Évidemment. Tout allait se précipiter.

Avant la mi-mai, Leulliot avait déjà échangé deux fois par téléphone avec le colonel Joseph Pascot, retenu dans ses bureaux à Vichy. Le projet n'emballait pas vraiment le nouveau commissaire à l'Éducation générale et aux Sports, installé à ce poste depuis moins d'un mois dans le gouvernement de Pierre Laval. Ancien international de rugby, Pascot avait l'obsession de mener la chasse aux sportifs professionnels. Les cyclistes comme les footballeurs étaient ciblés. Alors le Tour et son barnum…

— Daudet m'a parlé du souhait des Allemands, avait prévenu Pascot au téléphone. Nous n'avons pas les moyens de financer ça. Bien sûr, notre volonté de remettre la France en ordre de marche a besoin de forces vives mais il va falloir être pragmatique, Leulliot. Pragmatique, vous comprenez ?

Le journaliste avait gardé le souvenir de cette première prise de contact. Pascot, qui cherchait déjà à faire le ménage dans la jeune Fédération française de cyclisme (FFC), ne se rallierait au projet que forcé. Ses convictions cédaient toujours devant les ordres de l'Occupant ; il finirait par y collaborer.

Quelques jours plus tard, l'entretien avec Otto Abetz avait été beaucoup plus chaleureux à l'ambassade d'Allemagne, rue de Lille. Le diplomate allemand s'était montré enthousiaste. Disert et volontaire.

— Tout le monde a besoin du Tour, monsieur Leulliot. Ce sera une fête.

Abetz lui avait présenté Günther Kezer, appelé à faire le lien entre les organisateurs et les autorités allemandes. Le major de la Wehrmacht avait rejoint en janvier le Haut Commandement militaire allemand à Paris, détaché à l'ambassade d'Allemagne pour le suivi des questions sportives avec pour mission d'accorder les relations avec le commissariat général à l'Éducation générale et aux Sports. Un havre de paix après une longue convalescence consécutive à sa blessure reçue dans les combats autour de Kiev en août 1941. Il en avait conservé une légère claudication à la jambe droite et suivait maintenant la vie sportive en spectateur. À trente-quatre ans, Kezer, modeste tennisman amateur à Darmstadt avant la guerre, francophone et francophile, avait ainsi pu croiser Jean Borotra, le « Basque bondissant », commissaire général aux Sports jusqu'en avril. Il avait même été photographié avec le « Mousquetaire » et le cliché trônait dans un cadre sur son bureau. *Wunderbar !* Puis il avait fait connaissance de son successeur, le colonel Pascot. Beaucoup moins drôle. Günther ne comprenait rien au jeu de rugby. Et maintenant, il lui fallait découvrir le vélo et ses courses. Décidément, les Français...

— Le major Kezer a carte blanche pour vous aider, insista l'ambassadeur. La course, c'est vous ; les coureurs, c'est vous ; le parcours, c'est vous. Nous, on vous facilitera les choses.

Les jours suivant les tout premiers rendez-vous, l'info du retour d'une course à étapes à travers le pays, copie dévoyée du Tour de France, avait fuité dans la presse, on ne savait comment. *L'Auto* avait aussitôt ironisé sur une telle « mascarade » et quelques titres, notamment de province, surtout en zone non occupée, avaient suivi. Il fallait désormais passer aux actes.

Le mardi 26 mai, Leulliot était arrivé à l'heure à son rendez-vous matinal au siège parisien des Cycles Mercier, avenue de la Grande-Armée. Émile Mercier, fondateur de la manufacture stéphanoise, et Pierre Pierrard, le directeur sportif de son équipe professionnelle, lui accordaient audience à sa demande.

— Est-ce bien raisonnable de se lancer dans une telle aventure ? On y gagne quoi ? commença prudemment l'industriel forézien à qui Leulliot avait expliqué l'affaire.

Convaincre Émile Mercier, c'était la promesse de valider le projet. Les autres équipes suivraient, il en était sûr. Le futur directeur de course avait étalé des feuillets sur la table du grand bureau. Le soleil, par la baie vitrée de la pièce, éclairait une carte de France sur laquelle Leulliot pointait du doigt un croquis mal tracé. Ses deux voisins y avaient plongé le regard.

— On part de Paris et on revient à Paris. Rien n'est arrêté mais on filerait vers la Bretagne, ensuite on descend jusqu'aux Pyrénées pour une ou deux grandes étapes de montagne. Après, direction Marseille, on remonte vers Lyon, Dijon, la Champagne, et retour à Paris !

Mercier et Pierrard s'étaient relevés en fronçant les sourcils.

— On court en septembre. Une douzaine de jours devrait suffire, poursuivit Leulliot.

— Avec quelles équipes ? interrogea le patron stéphanois.

— C'est là que nous innovons. Ce seront des équipes de marque comme avant, plus d'équipes nationales comme sur le Tour. Vous sélectionnez vos coureurs !

Émile Mercier ruminait sa réponse. Partagé.

— Qu'en disent les autres ?

— Ça intéresse tout le monde. On innove, insista Leulliot. Une grande course à étapes, monsieur Mercier, c'est autre chose.

— Faut qu'on en discute, je ne suis pas contre, mais qui finance tout ça ? Votre journal ? Et le parcours, ça me semble difficile si vous voulez tout tenir en dix jours...

— Une douzaine, rectifia Leulliot.

— Douze pour tout ce Tour ? En septembre et avec les difficultés de déplacement et de restrictions, c'est compliqué, vous ne trouvez pas ?

L'échange s'était poursuivi une vingtaine de minutes. Pierrard citait des noms, des cols, des profils d'étape. Mercier parlait intendance. Et Leulliot avait dit qu'il allait réfléchir à tout ça, qu'il écoutait tout le monde. Il avait pris congé, rassuré. Et on était vite arrivé au mois suivant.

Circuit de France. Voilà la bonne idée. Il fallait un nom, il avait jailli par miracle dans la discussion en conférence de rédaction, début juin, quelques jours après le passage chez

Mercier. Pas de concurrence avec *L'Auto*. Pas question de baisser les bras face aux critiques qui sourdaient dans les échos de confrères concurrents, aussi acérées qu'un clou dans un boyau.

— J'ai rencontré Zwahlen, expliqua Leulliot. On ne peut pas dire qu'il soit pressé de nous aider.

Louis Zwahlen, président de la nouvelle Fédération française de cyclisme et ancien coureur lui-même, ne prenait pas le relais. On faisait du surplace.

— Sans la fédé, les commissaires, les chronométreurs et tout le bazar, t'as pas de course. Jamais les équipes ne s'engageront, reconnut le rédacteur en chef. Va falloir s'accrocher.

Et *La France socialiste* s'était accrochée à son projet. Fin juin, les plans de course étaient dessinés plus précisément.

Profitant d'un passage à Paris du colonel Pascot, Leulliot l'avait invité, comme le major Kezer, à une réunion au journal en présence de Georges Daudet. Tous étaient assis dans une petite salle de la rue de Gramont quand le journaliste avait pris la parole.

— Vous m'avez demandé il y a quelques semaines de mettre sur pied une course à étapes qui sillonnerait la France comme le faisait le Tour. Elle aura lieu.

Aucune réaction.

Leulliot avait égrené ses discussions avec les coureurs et les directeurs d'équipes, rappelé sa connaissance de la compétition, lu le calendrier estival déjà très chargé. Quand une voix le questionnait, il avait une réponse. À tout. Ou presque. On l'écoutait, il expliquait au sprint. Poussé par l'excitation.

— Le Circuit de France, comme on l'appellera puisque le nom fait l'unanimité, aura lieu dans la deuxième quinzaine de septembre. Il doit durer une dizaine de jours avec autant d'étapes.

Sur le tableau au mur, il avait dessiné un cercle. On y devinait une carte et un parcours grossièrement tracé de points en points. Il répétait ce qu'il avait révélé à Émile Mercier.

— Le Circuit passera en zone occupée et non occupée. C'est tout le symbole de cette première. La caravane du Circuit va traverser la France !

La petite assistance avait murmuré, cette fois.

— Il y aura six équipes de marque : Mercier, Dilecta, Helyett, France-Sport, Alcyon et Génial Lucifer. Douze coureurs chacune, soit un peloton de soixante-douze. Chaque patron d'équipe compose son groupe. Avec les Belges, les Hollandais, les Espagnols et les Italiens, les meilleurs seront là. C'est ouvert à tous.

Leulliot en rajoutait, exagérait, inventait même. Quand il avait achevé sa présentation, personne ne parlait. Le colonel Pascot avait le premier pris la parole :

— Nous vous aiderons avec une contribution financière, la fourniture du carburant, en alertant les préfectures. Maintenant, il faut chiffrer tout ça. Vous comprendrez que, dans cette période de restrictions, nous ne pouvons pas dépenser sans compter...

Georges Daudet était aussitôt intervenu :

— Notre volonté est de montrer l'effort, pas de se livrer à une gabegie commerciale comme on pouvait le voir sur le Tour. On veillera à ce que tous les participants puissent courir au mieux mais en tenant compte des réalités. Leulliot va nous finaliser le projet, n'est-ce pas ?

Il restait moins de trois mois pour tout construire. Une folie. Ils s'étaient levés pour éviter d'y penser.

Daudet et Kezer avaient suivi Leulliot dans son bureau après la réunion.

— Le Tour d'Espagne commence le 30 juin. On va y trouver de bonnes idées, s'empressa de dire l'intéressé qui songeait à s'y rendre. Rassurez-vous, nous poursuivons notre travail d'intendance. Je pense que l'on pourra annoncer officiellement tout le programme du Circuit de France dans un mois. Pour le reste, on sera prêts.

Daudet avait écouté. Il aurait aimé que tout soit déjà ficelé et en aurait tiré une fierté devant ses relations allemandes. Il n'avait rien ajouté et avait rejoint le colonel Pascot pour le raccompagner.

— On se voit après l'Espagne ? lâcha Kezer avant de quitter lui aussi la pièce.

— Bien sûr, dit Leulliot, satisfait de l'examen de passage.

Brisseau avait surgi. Il jubilait en se frottant sans arrêt les mains.

— On les tient. Ah, je voudrais voir leurs têtes !

Il s'emportait et, pêle-mêle, citait coureurs et directeurs d'équipe, confrères et officiels de la Fédération qui avaient, à ses yeux, clairement manqué d'enthousiasme ces dernières semaines. Et maintenant que le Circuit de France allait tenir la route...

Le Tour d'Espagne et ses dix-neuf étapes de Madrid à Madrid, un grand et vrai tour national cité en référence par *La France socialiste* et ses contempteurs, avaient accaparé le rédacteur en chef des sports. L'actualité presque quotidienne des coureurs et des épreuves françaises tout autant. À la mi-juillet, le championnat de France sur piste s'annonçait comme le sommet de la discipline. Leulliot était parti à Reims suivre les tours de piste. Il n'avait pas vu, le 16 juillet, René Vietto gagner l'étape du Tour d'Espagne à Vigo. Louis Thiétard avait fait de même à La Corogne, deux jours plus tôt.

En cette fin de matinée du 16 juillet, la rédaction de la rue de Gramont ronronnait quand un coursier, revenu de l'imprimerie de la rue du Croissant, avait fait irruption dans la salle avec deux grosses enveloppes. Excité. Tous le dévisageaient.

— La police enferme les Juifs au Vél d'Hiv, vous êtes au courant ? Ils les arrêtent partout dans Paris et les conduisent là-bas depuis ce matin. Y a des gars de l'imprimerie qui ont téléphoné. Ils ont chopé des linotypistes et des correcteurs juifs chez eux, avec toute la famille.

Brisseau s'était approché. D'autres rédacteurs aussi.

— Ils font le ménage.

Puis le reporter avait appelé un « contact » à lui dans un commissariat du XVe. On lui avait confirmé l'info. Depuis l'aube, la police parisienne raflait des familles juives dans la capitale et les convoyait en bus dans l'immense Vélodrome d'Hiver, rue Nélaton.

— Ça tombe bien, il n'y a pas d'épreuves, osa Brisseau, ironique.

Personne n'avait relevé.
— C'est quand même important de contrôler ces gens-là. Ils sont partout. Regarde Blum, il court encore.
— Tu dis n'importe quoi, Noël. Blum est alsacien et pas juif, lança une voix au fond de la salle.
Georges Blum, équipier chez Helyett, était né à Colmar. L'homonymie avec Léon Blum, l'ancien président du Conseil, alsacien également, et juif, avait souvent ramené la discussion sur le cycliste. Et dans ces circonstances...
— Les Juifs n'ont pas leur place dans le sport, poursuivit Brisseau, fidèle à la ligne éditoriale de son journal, tandis que ses confrères discutaient à voix basse. Il faudra bien qu'on fasse le tri.
Même dans un quotidien collaborationniste, personne ne souhaitait ouvrir le débat. Brisseau avait fini par se taire et la discussion, par dévier.
— S'ils les arrêtent tous, ils vont aller chercher aussi des sportifs, reprit Martial, le jeune coursier. Et s'ils transforment le Vél d'Hiv en prison, peut-être qu'ils vont annuler des compétitions...
— Sûrement pas ! Tu dis des conneries.
Brisseau avait pris le téléphone pour appeler Leulliot.
En milieu d'après-midi, les nouvelles avaient enflé sur la rafle, sur celles et ceux que l'un ou l'autre pouvait connaître et qui auraient été internés. À chaque retour de l'imprimerie, Martial ajoutait une info et la discussion se ranimait. Château avait tranché : il n'y aurait pas d'article sur « l'opération de police ». À la une du 17 juillet, on préparait le titre : « Les bolcheviks en pleine déroute » pour évoquer la guerre sur le front de l'Est vers Stalingrad.

À la rubrique des sports, on espérait : « Les Français auront plus de chances en Suisse qu'en Espagne », rappelant que le Tour de Suisse partait le 29 juillet. Il était temps de parler de nouveau du Circuit de France. Comme l'avait rappelé Brisseau, on ne courait pas au Vél d'Hiv en ce moment...

Après la fin du Tour d'Espagne, Leulliot avait donné rendez-vous au major Kezer le 20 juillet. Les deux hommes s'étaient cette fois croisés au siège de la Propagandastaffel, au 52 de l'avenue des Champs-Élysées.

— Vous êtes un peu chez vous, ironisa l'officier.

Tous les patrons de presse connaissaient l'adresse. *La France socialiste* comme *L'Auto*, *Paris-soir* et les autres journaux autorisés à paraître se soumettaient aux consignes de l'administration allemande qui avait élu domicile là.

Dans le bureau où ils s'étaient installés, Leulliot avait fait le point.

— On va annoncer officiellement la course jeudi.

Le 23 juillet.

— J'ai l'accord des équipes, le vôtre évidemment, et la Fédération nous écoute enfin. Il a fallu les bouger un peu.

— Ils font encore de la résistance ? s'amusa Kezer. Le général de Gaulle n'a-t-il pas dit que toute la France était résistante ?

Il s'était mis franchement à rire. Leulliot avait souri.

À la une de son journal, le 23 juillet, effectivement le journaliste avait choisi ses mots pour évoquer l'avènement du Circuit de France : « La première course à étapes à travers le pays depuis trois ans », « le redressement national », « l'effort partagé pour unir nos jeunesses sportives », « le goût de l'effort ». Les accents étaient patriotiques, la prose, lyrique. Et l'information officielle : le Circuit de France s'élancerait le 28 septembre. On connaissait au moins la date de départ.

Le lendemain, les confrères avaient repris la nouvelle sans éclat. *L'Auto* y consacrait cinq lignes. *Paris-soir* était un peu plus généreux. En zone non occupée, à l'exception de *L'Effort*, quotidien lyonnais collaborationniste et proche de *La France socialiste*, l'annonce du Circuit de France relevait de l'anecdotique. *L'Auto* avait même lancé un concours pour ses lecteurs : « Composer l'équipe de France du Tour 1942. » Une sélection virtuelle puisque le quotidien avait renoncé à sa Grande Boucle. À la direction du journal, Goddet jouait l'indifférence mais s'inquiétait. Leulliot aussi : juillet touchait à sa fin, il restait deux mois pour tout boucler. Un cauchemar.

Les premiers jours d'août, Leulliot avait encore multiplié les contacts avec la Fédération française de cyclisme. Il insistait. Elle résistait. Encore une fois, le major Kezer, après un nouveau coup de téléphone, avait joint le colonel Pascot pour que ça change.

— On va y parvenir, lui répondit le commissaire aux Sports. Je finis de régler le problème avec la Fédération.

César Banino était pressenti pour succéder à Louis Zwahlen et celui-ci soldait les derniers dossiers. Il s'était occupé du Circuit de France et avait donné son accord. La course aurait les chronométreurs, les officiels, les autorisations. La voie était libre. C'est ce qu'écrivait *La France socialiste* en ce 22 août.

À la terrasse du café de la Paix, le major et le journaliste devaient maintenant envisager la suite. Dans sa présentation aux lecteurs, le quotidien s'exonérait d'explications. Il n'était plus question des Pyrénées ou de Marseille. Le journal évoquait un « parcours montagneux à travers le Massif central ». La course durerait une semaine. Le Circuit tournerait en rond mais qui s'en offusquerait ?

— Et maintenant, comment vous emmenez toute la caravane à travers la France ?

Kezer avait détaché ses mots.

— Le plus dur, c'était d'obtenir l'accord de tout le monde. Six étapes et une journée de repos et un total de mille six cent cinquante kilomètres, ce n'est pas le bout du monde. On a déjà pris des contacts. Dans deux semaines, c'est réglé.

On approchait de la fin août. Le départ du Circuit de France s'annonçait dans cinq semaines. Une chimère.

Jean Leulliot avait cette faculté de ne rien laisser paraître de ses émotions face à ses interlocuteurs. Günther Kezer repartit donc du café de la Paix avec la certitude que le reporter maîtrisait son sujet. Leulliot était rentré au journal sans certitude. Il comptait les jours qui le séparaient du départ. Pire encore, il fallait expliquer toute la logistique aux équipes qui s'impatientaient : logement, voitures, matériel, la liste s'allongeait.

Revenu à son bureau, il décrocha son téléphone, composa le numéro.

— Allô, Machurey ? Bonjour, c'est Leulliot. Je vous rappelle comme promis. Oui, pour notre affaire, c'est toujours d'accord ? Venez lundi au journal, je vous explique tout.

Il raccrocha et jeta un coup d'œil au programme des courses du moment. Idée, Louviot, Kint, Vanden Meerschaut, Lapébie, Vietto, ils couraient partout. Au nord, au sud. Parfois deux courses dans la semaine. Dans quel état arriveraient-ils le 28 septembre ? Il préféra refermer le journal.

Ce lundi matin-là, Maurice Machurey grimpa sans s'essouffler les trois étages qui menaient à la rédaction et se trouvait maintenant devant la porte du bureau du rédacteur en chef. Le couloir sentait l'encaustique, le plancher craquait un peu et une pile de journaux en équilibre sur un meuble bas ne demandait qu'à chuter. Il toqua à la porte et entra sans attendre.

— Ah, Maurice, l'homme de la situation !

Leulliot se leva en contournant son bureau.

Chronométreur officiel de la FFC et cheville ouvrière de la logistique du Tour de France, l'homme de chiffres était appelé à devenir comptable de la réussite du futur Circuit de France. Leulliot l'avait appelé début août pour lui proposer de s'occuper de la logistique de l'épreuve. Il avait déjà suivi plusieurs Tour de France avant guerre, voilà pour le pedigree de spécialiste. Les minutes et les secondes, les classements et les listes, c'était son univers, son palmarès. Leulliot lui demandait tout autre chose : partir en exploration en France, sur les routes et dans les villes, pour dénicher les sites d'hébergement, de restauration, nouer les liens avec les préfectures, les Kommandanturs, et finalement repérer ceux qui voudraient bien aider le Circuit de France. Il avait tout à faire et deux semaines pour mener à bien sa tâche.

Maurice Machurey, fonctionnaire fédéral appliqué, dit oui. Par devoir plus que par conviction. Maintenant, il prenait frénétiquement des notes dans un cahier tandis que Leulliot parlait. De temps en temps, il osait un : « Si je peux me permettre » ou : « Vous pouvez répéter ? » Après deux heures de réunion matinale, repu d'infos, il remit sa veste et son chapeau.

— Faites vite, ajouta l'organisateur en le raccompagnant.

Un dernier coup de pression.

Sorti de l'immeuble, Machurey choisit de marcher pour retourner à la Fédération. Tout se bousculait. Quand il entra dans son bureau, il se laissa choir sur sa chaise. Épuisé. Il n'avait même pas pris le temps d'enlever son chapeau.

— J'ai accepté un truc de fou, soupira le chronométreur en s'adressant à Scipion Lefranc, son collègue. Le Circuit de France. Leulliot m'a confirmé qu'il nous demande de boucler la logistique. Tout.

— Tout ? répéta Scipion. Tu veux dire les étapes ?

— Tout ! Où on dort, comment on mange, les étapes, les hôtels, les transports. On doit avoir tout réglé dans deux semaines, répondit Machurey, revenu soudain à la réalité. Tu vas venir avec moi.

Scipion ne savait quoi répondre.

— On est lundi 24, Maurice ! s'exclama-t-il en s'asseyant à son tour.

Machurey, deux mains sur le bureau, avait déjà déplié une carte routière.

— On part jeudi ! On aura une voiture et des adresses.

Jeudi 27 août, porte de Champerret, à 9 heures, le duo était à bord de la Peugeot 402 qui lui avait été confiée, réservoir de gazogène rempli. Machurey avait rassemblé sa doc et une liste de numéros de téléphone dans son cartable. On y trouvait aussi les adresses de la Kommandantur, celles des correspondants départementaux de la FFC, des noms de journalistes, des *Ausweis* pour la ligne de démarcation, des crayons et des blocs-notes. Et une lettre de recommandation cosignée par Otto Abetz et Joseph Pascot. Scipion Lefranc, peu rassuré par tant d'empressement, avait glissé les tickets de rationnement dans une enveloppe. La course commençait en avance pour eux. Il restait un mois avant le départ. Pied au plancher.

2

Le grand départ

Samedi 12 septembre 1942

On avait déjà servi les carottes râpées et apporté les pots de beaujolais. La suite du menu annonçait un plat de quenelles. Un plateau de fromages devait boucler l'histoire. Pas de fausse note. Hier, c'était « un jour sans », pas d'alcool servi, les convives avaient frôlé le pire. L'instant était solennel dans le restaurant de la place des Terreaux au cœur de la presqu'île lyonnaise. Le lendemain, dimanche, les professionnels du championnat de France cycliste avaient rendez-vous ici. Pour la première fois depuis le début de la guerre, une soixantaine de coureurs des zones occupée et non occupée allaient courir ensemble. L'occasion de savoir qui était le meilleur Français quand les aléas des compétitions et des déplacements contraints obligeaient les uns et les autres à se jauger à distance depuis des mois. Au bar de l'Amour, sur la place des Terreaux, chaque coureur devrait émarger sa feuille d'engagement avant 8 h 30, puis se rendre à Tassin-la-Demi-Lune, à l'ouest de Lyon, pour le départ à 10 heures.

Pour l'instant, par un samedi ensoleillé de fin d'été à Lyon, le présent disait autre chose. À l'invitation de Paul Rives, ancien député SFIO de l'Allier et soutien inconditionnel du maréchal Pétain, une vingtaine de journalistes découvraient le restaurant et son menu, le Circuit de France et sa carte. À leurs côtés, César Banino et Jean Leulliot s'affichaient presque complices.

Pour ce déjeuner de presse, on avait bien fait les choses. La salle accueillait des petites tables rondes, les rideaux de tulle dissimulaient les convives à la vue des passants sur la place. En reculant sa chaise d'une main, Paul Rives tira machinalement un pan de sa veste, pinça sa petite moustache et réajusta ses lunettes. Debout, il prit la parole. Après les carottes.

— Chers amis, chers confrères…

Le patron de *L'Effort*, le quotidien lyonnais qu'il avait cofondé, avait le phrasé de circonstance. Son journal était l'un des rares venus tôt au soutien du futur Circuit de France. Rien que de très logique, Rives collaborait aussi à *La France socialiste*. Rives collaborait partout.

— Monsieur le président de la Fédération ne me démentira pas, j'en suis sûr, si je dis que la collaboration de journalistes et de sportifs est de nature à consolider les qualités qui permettront à notre pays, dans l'avenir comme dans l'histoire, de jouer un rôle prépondérant dans l'Europe future.

Il continua quelques minutes. De temps à autre, Rives fixait le mur jaune du fond de la salle où trônait de biais le tableau d'une scène de chasse. On le croyait alors perdu dans sa logorrhée. À ses côtés, on opinait lentement du chef, on patientait. On avait faim.

Il restait à Jean Leulliot le soin de conclure et d'abréger l'attente.

— Nous avons été parfois très mal compris à Paris, surtout par certains confrères... dit-il, cachant mal son agacement.

Avec sa casquette de directeur de course, le journaliste se livrait à l'exercice de la présentation officielle. Il avait déjà tout révélé aux directeurs d'équipes, à la Fédération, au commissaire aux Sports, au major Kezer et même à certains confrères amis quand Machurey et Lefranc étaient rentrés de leur visite d'inspection quelques jours plus tôt. Mission accomplie. Leulliot avait parcouru leurs notes, retenu des lieux, questionné, et s'était dit que tout était prêt. Plus de raisons de douter. Le rendez-vous des championnats de France avec ses homologues de la zone non occupée et quelques plumes venues de Paris tombait à point nommé pour lever les ultimes interrogations.

— C'est dans un but désintéressé du point de vue commercial que nous organisons cette épreuve, précisa-t-il d'emblée devant les convives.

Ensuite, il énuméra une liste qui freina aussitôt toutes les envies.

Gaston Bénac, l'envoyé spécial permanent à Lyon de *Paris-soir*, et Georges Briquet, la voix de la Radiodiffusion nationale, comme les autres, griffonnaient les infos sur un bloc-notes sans relever la tête : pas de caravane publicitaire, pas de voiture suiveuse pour les journalistes, un maximum de dix véhicules à gazogène pour les accompagnateurs d'équipes, quatre camions et camionnettes d'assistance, un autocar pour faire voyager la presse et des hébergements modestes pour tous. Les boyaux, les vélos, le petit matériel comptés à la pièce pour les coureurs… La litanie de restrictions se poursuivait.

— On ne gaspillera pas !

Leulliot fixait du regard ses confrères, autoritaire. Martial.

Après l'énumération qui tira des mines graves ou compatissantes à l'auditoire, le patron du Circuit de France devint comptable.

— Il y aura 350 000 francs de prix à distribuer. 50 000 francs à la première équipe, 30 000 à la deuxième. Même la dernière touchera sa prime. Les hommes pourront être sûrs de ne pas y être de leur poche. Nous ne le voulons pas…

Le ton s'était adouci, l'attention baissait. Convaincre les directions d'équipe de participer au Circuit avait été assez simple. Il avait fallu d'autres arguments pour encourager les coureurs ; tous n'y adhéraient pas. Le montant des primes était encore la plus rapide des explications.

— Je n'ai plus grand-chose à vous dire, je vous remercie d'être venus…

La fin de la phrase fut couverte par le brouhaha montant. Les deux serveuses entraient, portant des plats généreusement remplis de quenelles. Il y eut bien deux ou trois verres qui se levèrent pour porter un toast mais il était temps de reprendre le déjeuner.

Loin de la place des Terreaux, Émile Idée et ses collègues avaient d'autres préoccupations. L'urgence avait aussi été de trouver à se loger. Ceux venus de Paris le vendredi soir, avec le président Banino et une délégation de commissaires, avaient dû parfois se contenter d'une chambre à plus de trente kilomètres de Lyon.

Pour Émile, dont la presse avait fait l'un des grands favoris du championnat, le tracé exigeant du parcours autant que ses deux cent soixante-neuf kilomètres lui convenaient. Déjà vainqueur du Grand Prix des nations, de Paris-Reims, du Grand Prix de Provence, le coureur, originaire de Picardie, semait la concurrence sur la route et doublait les performances sur la piste. Il venait d'avoir vingt-deux ans et n'avait obtenu sa licence professionnelle qu'un an auparavant en rejoignant le VC Levallois. Il avait planifié son été pour être au rendez-vous et avait même confié à Ludovic Feuillet, son directeur sportif, qu'il pourrait se « reposer » après ça.

— Je gagne le titre et c'est bon, avait glissé Idée. Et vous me laissez tranquille avec le Circuit de France, d'accord ?

Émile songeait à la saison sur piste qui commençait en octobre avec la perspective de belles primes.

— On en reparlera, avait éludé Feuillet.

Puis il en avait aussitôt affranchi Leulliot.

Le dimanche matin à Tassin-la-Demi-Lune, Émile Idée et cinquante-cinq autres participants étaient au départ. Le coureur levalloisien ne songeait qu'à l'arrivée, et c'est lui qui la franchit le premier en fin d'après-midi, au bout de la piste étroite du vélodrome du parc de la Tête-d'Or. Émile champion ! Idée invincible. Le leader d'Alcyon avait épuisé le peloton et maintenant il était bras en croix sur la pelouse. Incapable de reprendre son souffle et ses esprits. Emporté par un vertige, grisé par la victoire et, sans doute aussi, le contenu du petit bidon de fine qu'il avait avalé dans les derniers kilomètres pour se donner du courage. Tous en emportaient un dans la poche arrière pour prévenir un coup dur. L'ivresse du succès.

Idée se ressaisit pour enfiler un superbe tricot bleu, blanc, rouge mais il n'entendit pas Leulliot qui s'approchait de lui.

— Émile, il faut qu'on se voie.

Émile ne voyait rien d'autre que son bonheur de fin d'après-midi.

De retour à Paris, le lundi, le nouveau champion de France reçut un appel téléphonique. Le directeur du Circuit souhaitait le rencontrer et l'invitait au journal. Ce serait mercredi. Il avait le temps d'y penser car le lendemain il allait faire tourner ses jambes et avait prévu une sortie de cent cinquante kilomètres dans « sa » vallée de Chevreuse, celle dont la presse le faisait roi tant il y régnait dans les courses, les bosses. Le mercredi, il redevint un civil discret.

— Émile, ravi de te voir chez nous. Ça me fait plaisir d'accueillir le champion de France. S'il y a bien un journal où l'on s'est réjoui de ta victoire, c'est ici, lança Leulliot, mains tendues vers son invité.

Émile Idée avait pris le métro entre Ménilmontant, où il résidait, et Richelieu-Drouot puis rejoint le journal en se demandant pourquoi tant d'empressement à le voir. Les deux hommes se connaissaient peu. Leulliot passa outre les formules de politesse et autres encouragements. Il avait une idée fixe.

— Émile, M. Feuillet m'a dit que tu n'étais pas chaud pour courir le Circuit de France ?

— J'ai beaucoup roulé cette saison, monsieur Leulliot. Je suis au bout. Et puis les courses à étapes, c'est pas mon truc. Faut me comprendre.

Émile avait casé sa grande carcasse dans un petit fauteuil et Leulliot le surplombait.

— Bien sûr, bien sûr. Mais tu connais l'importance de ce Circuit de France, les enjeux ? Tu es un coureur d'avenir. On a besoin de toi, comme tu as besoin de nous, non ?

Idée resta coi.

— Je vais être plus clair. Émile, tu dois être au départ le 28 septembre. T'es champion de France et tu ne peux pas te défiler.

Leulliot n'imaginait pas le forfait du champion. Sale coup pour le Circuit. Vietto avait déjà renoncé. Il se fit plus pressant.

— C'est une chance d'être un coureur professionnel à vingt-deux ans. Connu. Libre de se déplacer. Pas comme tous ces jeunes qui partent pour la relève en Allemagne et n'ont pas le choix.

Émile écoutait, intrigué.

— Je me rappelle que l'an dernier t'as eu des petits soucis et, si la Fédération ne t'avait pas sorti d'affaire, t'aurais passé un bon bout de temps en prison. Et le vélo après ça...

C'était donc ça. Émile avait compris : Leulliot ne lui laissait pas d'alternative.

Les faits remontaient à avril 1941. Idée, néoprofessionnel, et quelques autres coureurs de la zone occupée s'étaient vu refuser la permission d'aller courir la Flèche du Rhône, une épreuve au départ d'Avignon vers Lyon. Ils avaient bravé l'interdiction. Problème : le passage de la ligne de démarcation. La solution était venue grâce à l'aide d'un dirigeant du club de Montceau-les-Mines. Idée et d'autres avaient sympathisé avec lui à force de venir chasser les primes sur le vélodrome local. Depuis 1940, la ligne de démarcation rasait les faubourgs de la commune de Saône-et-Loire. Les coureurs parisiens avaient vite monté leur plan : un train pour Montceau, le passage discret de la ligne puis la descente vers Avignon.

Tout se serait déroulé sans problème si les organisateurs provençaux et les dirigeants fédéraux n'avaient été avertis avant la course de la « fuite » des Parisiens. Balancée par un appel anonyme et interdite de course, la petite troupe était remontée vers Lyon. Sans laissez-passer pour retraverser, cette fois légalement, la ligne de démarcation, Idée et les autres étaient condamnés à rester à Lyon et à implorer le pardon fédéral pour revenir à Paris. L'exil forcé avait duré de longues journées avant l'obtention des papiers. À leur retour dans la capitale, les policiers les attendaient dès la descente du train à la gare de Lyon. La Gestapo avait mis son nez dans l'affaire. Pas d'exception, direction la prison de Fresnes. Une semaine plus tard, ils étaient transférés à celle de la Santé. Quinze jours encore et ils étaient enfin libres, traumatisés par l'expérience et suspendus par l'autorité fédérale. Émile Idée n'avait pas oublié. Comme ses compagnons, il se questionnait depuis sur celui qui les avait dénoncés. Petit à petit, ils étaient arrivés à la conclusion que c'était sûrement un journaliste parisien. Qui ? Pourquoi ? Mystère.

Ce matin, Leulliot le menaçait indirectement. Refuser de courir le Circuit de France… il devinait la suite, les ennuis.

Et peut-être même le départ contraint de l'autre côté du Rhin, les autorités françaises et allemandes envoyant des wagons de travailleurs en Allemagne depuis le début du mois. À vingt-deux ans, son statut de coureur pro lui offrait encore l'immunité. Pour combien de temps ?

— Je ne te menace pas, Émile, mais réfléchis à ce que tu dois faire. Appelle-moi vite. Sois raisonnable, conclut Leulliot.

Il n'était pas midi et le champion de France, tête baissée, sortit de l'immeuble sans prêter attention au jeune homme qui le croisait pour entrer. Pierre Dréan avait reconnu Idée. Il était à la bonne adresse. Il avait rendez-vous au secrétariat de *La France socialiste* pour faire valider son engagement comme motard. Dix jours plus tôt, Pierre avait lu dans le journal qu'on recherchait des pilotes pour accompagner le Circuit de France. Il s'était présenté au bureau de l'organisation, avait décliné son CV et précisé qu'il connaissait bien Jean-Marie Goasmat, coureur et Morbihannais comme lui. Il fallait remplacer le titulaire du poste, victime d'une appendicite. Adjugé !

— Je conduisais une moto pendant la guerre et j'ai travaillé comme mécano dans un garage de Redon ensuite, avait assuré Dréan dans le court entretien.

Mobilisé en septembre 1939 à la fin de son service militaire, il avait surtout vécu le conflit en marche arrière jusqu'à l'armistice de juin 1940, du front des Ardennes à une dernière caserne à Montauban en passant par la plage de Dunkerque et la traversée de la Loire à Saumur. Avant de partir à la guerre, ce fils de cantonnier se rêvait instituteur, libraire. Et même médecin. Las, après la démobilisation, en pleine Occupation, il fallait tenir le coup et toucher un salaire. Moins d'un an après, il filait à Paris, poussé par l'envie de résister à un destin contraire. En quelques mois, il avait croisé des gens aussi déterminés que lui. Ce jour-là, l'opportunité de prendre la route du Circuit de France l'envoyait en mission. À vingt-deux ans, les frissons le gagnaient.

— Quelle chance j'ai ! dit-il avec emphase au secrétaire qui enregistrait son engagement après qu'il eut déposé son permis de conduire et ses papiers.

— On cale le rendez-vous pour récupérer la moto ? C'est une Terrot 500, vous en avez déjà conduit ?

Le secrétaire ne leva même pas la tête et tendit les papiers à Dréan. Il lui restait onze jours pour se préparer.

De retour chez lui, Émile avait fait un choix. Demain, il irait à vélo jusqu'à Nouvion-le-Comte, le village de son enfance dans l'Aisne, près de Laon. Deux cents kilomètres à pédaler, ça portait à réfléchir. Il avait souvent parcouru la distance. Dans ses premiers mois à Paris, il allait même chercher ainsi des provisions à la fermette familiale. Des primes de victoire lui avaient également permis d'acheter le pré voisin. Il rapporterait, en rentrant par le train, des œufs de sa poule. Celle qu'il avait gagnée en remportant Paris-Reims. Et, en chemin, il réfléchirait aux paroles de Leulliot.

Au retour de l'Aisne, Idée rejoignit son appartement de Ménilmontant et appela Feuillet pour l'assurer qu'il participerait au Circuit de France. Sans commentaire. Et pas question d'en informer « ce collabo de Leulliot », ainsi qu'il en parla à sa mère et sa sœur. Il lui restait à peine dix jours pour penser à la course. Émile confirma aussi sa participation au Grand Prix de *L'Auto*. L'épreuve, la veille du départ du Circuit de France, roulait dans son final en vallée de Chevreuse. Dans son royaume. Il acheva ainsi sa préparation pour le Circuit. Forcé d'y être, comme beaucoup d'autres.

Le lundi 28 septembre, à 8 h 30, il pleuvait lentement sur Paris, le IIe arrondissement, la rue Louis-le-Grand, la façade et les baies vitrées du palais Berlitz. Une matinée d'automne. Sur la chaussée, entre la rue du Quatre-Septembre et le boulevard des Capucines, la petite foule se serrait, ajoutant à l'effervescence d'un matin de grand départ.

Le long du trottoir, un autocar, deux camionnettes, deux camions Berliet, six motos et dix voitures se faisaient discrets les uns derrière les autres. Le bitume appartenait aux vélos. Blanc, rouge, gris, bleu, vert, jaune, argenté, de la couleur plein les cadres. On les posait, on les poussait, et la trace des boyaux laissait de fines rayures sur le macadam, effacées aussitôt par le crachin. Tendu entre deux immeubles, un large calicot barrait le ciel gris. « Circuit de France organisé par La France Socialiste », promettaient les lettres noires sur la banderole détrempée. Le départ était prévu à 10 h 30, le rendez-vous avait été donné aux coureurs et suiveurs de la caravane deux heures plus tôt. Ils arrivaient, ça s'entendait.

Depuis l'exposition « Le Juif et la France », installée en grande pompe au palais Berlitz entre septembre 1941 et janvier 1942, de mémoire de riverains, on n'avait plus vu autant de passage ici. Avec des femmes en tailleur, des hommes portant le feutre clair et des gamins en culottes courtes, des agents de ville en pèlerine sombre et des officiers en veste vert-de-gris, toute la rue était occupée.

Dans la cohue, Auguste Mallet, coureur et leader de la Génial Lucifer, se pressa. Un brin anxieux. En arrivant à Paris deux jours plus tôt, depuis la Normandie où il habitait, il n'avait pas retrouvé sa valise. Premier pépin. Hier, Jacques Oudart, le pape des mécaniciens, lui avait glissé qu'il avait intérêt à ne pas casser son vélo. Deuxième souci. « Je n'ai qu'un cadre de ta taille », avait lancé l'homme de la technique au tout petit Normand. Mallet avait mal dormi et choisi d'arriver tôt au palais Berlitz. Il cherchait son directeur sportif, Léon Évrard, et le repéra au milieu d'un petit attroupement.

À vingt-neuf ans, Auguste était le leader de Génial Lucifer. Sur la poitrine, il portait le maillot grenat de sa formation. Sous le tricot, il cachait la large cicatrice de sa chute du Tour 1938, percuté par une voiture dans la descente de l'Izoard. Mais aussi celles des blessures reçues au front. Mobilisé en septembre 1939, le cycliste de Seine-Maritime avait poursuivi sa « drôle de guerre », poussé vers Sedan à la rencontre de l'armée allemande. Il avait fini par la voir en défendant les plages de Dunkerque pour protéger le réembarquement des troupes alliées vers l'Angleterre. Trois jours de combats, la blessure, dix mois d'hôpital, la rééducation, la Croix de guerre et la médaille militaire pour son héroïsme avant de redevenir un cycliste. Son maillot recouvrait la souffrance et la gloire. Démobilisé,

Mallet avait repris le vélo l'an passé et s'était s'aligné dans quelques courses. Une semaine avant le championnat de France à Lyon, il avait convaincu son directeur sportif de l'inscrire. Il s'était classé cinquième. Une résurrection pour « Trompe-la-Mort », son surnom. Avec le Circuit de France, c'était une carrière qui redémarrait.

Afin d'échapper au pavé humide, il s'engouffra dans le hall des dépêches du Palais. Les coureurs s'y regroupaient pour récupérer leur vélo, les musettes et même un imper. À l'écart, des directeurs de course discutaient de la météo. Des mécaniciens tripotaient jantes, cadres et dérailleurs avec dévotion. Et les officiels officiaient. Ici, on recomptait les caisses remplies de boyaux marron, y compris ceux d'entraînement que l'on prenait pour cause de pénurie de neufs.

— Quatre par coureur, pas un de plus ! s'égosillait une voix.

Des mains alignaient les flacons de colle et les bobines de fil en vue de recoudre les boyaux, d'autres déplaçaient les douze vélos de secours pour tout le peloton. Oudart, comme un phare, restait debout dans l'agitation, gonflé d'importance. Il braillait, plissait les yeux ou souriait. Et braillait encore.

— Oh, mais pas celle-là, Lucien ! lança-t-il.

Lucien Courtial, son adjoint, reposa au sol la malle en fer qu'il se pressait de hisser dans le camion.

— Je veux des jantes, des jantes, compris ?

Le chef commandait. On le disait capable de redonner vie à un vélo en moins de cinq minutes. Il possédait des mains d'orfèvre et une paire de bésicles sur le nez. Toutes indispensables.

Dans un brouhaha trop matinal pour certains, il fallait se hâter lentement. La caravane embarquait deux cents passagers. Coureurs, entraîneurs, soigneurs, directeurs, organisateurs, officiels, journalistes, mécanos, chauffeurs, il ne manquait personne.

À 9 heures, il ne pleuvait plus. Ou moins. Ou personne n'y prêtait attention. Et sûrement pas Maurice Cressenssac. Le conducteur du camion Berliet, avec le numéro 2 sur son pare-brise, portait un béret blanc, des joues rouges, un pantalon bleu, une chemise grise, une veste en toile noire un peu râpée. Dans chaque main une valise, sous chaque aisselle une auréole de sueur. Autour de lui, sur le trottoir, encore des valises, des malles en osier. Il soufflait et sifflait.

— Ce sont les dernières ? demanda-t-il en pointant le menton vers son collègue juché dans le véhicule. Bon sang, ils déménagent l'immeuble ou quoi...

Maurice avait deux passions : son Berliet GDR et le cyclisme. La route et le peloton. L'une et l'autre allaient l'emmener en voyage à travers la France. Heureux. Avec ses quatre-vingt-douze kilos comprimés dans son mètre soixante-cinq, il suait pour la bonne cause. À quarante-sept ans, le chauffeur limousin, employé chez un transporteur de Chatou, ne convoierait ni armoires ni tables et encore moins de l'outillage et des bidets, cette semaine. Son horizon quotidien entre Poissy et Melun, les jours de longue traversée parisienne, allait changer. Grâce à son patron, Maurice s'offrait une pause : conducteur officiel d'un camion de la caravane, chargé de transporter d'étape en étape les bagages des équipes cyclistes et de l'organisation. La grande évasion.

Les trente-cinq journalistes envoyés spéciaux avaient droit à leur autocar, transport officiel de la presse. C'était écrit sur l'affiche collée à l'intérieur, sur le pare-brise. Dans le hall, chacun venait pointer son nom sur la liste, récupérer une étiquette pour ses bagages, et l'adresse pour dormir le soir même au Mans, terme de la première étape.

— D'autres questions ? s'enquit la jeune femme assise derrière une table, juste à côté de la pancarte où l'on pouvait lire : « Journalistes officiels Circuit de France ».

Pierre Le Petit, l'un des envoyés spéciaux de *Paris-soir*, s'inquiétait de la possibilité de téléphoner à l'arrivée et à l'heure avant le bouclage. Son voisin, reporter du *Petit Parisien*, s'interrogeait sur la meilleure façon de pouvoir se restaurer en route. Georges Briquet, écharpe nouée autour du cou au-dessus de son manteau, allait et venait.

— Vous avez bien pris vos tickets d'alimentation ? Il faut ceux de septembre et ceux d'octobre, on est à cheval sur les deux mois, répétait la jeune femme.

Le reporter du *Petit Parisien* plongea la main dans une poche intérieure de sa grosse veste en cuir et, rassuré, en extirpa une enveloppe avec les indispensables coupons.

Son journal avait hissé Edward Vissers au rang de favori de la course mais, alors que les coureurs défilaient dans le hall, le Belge ne figurait déjà plus parmi les partants. Malade, disait-on. Les cyclistes étaient appelés à signer la feuille d'engagement et récupéraient, pour certains retardataires, leur quota de tickets pour une semaine. Chaussures cirées, socquettes blanches, cuissard, casquette, tout était brillant.

Au milieu, Émile Idée dépassait par la taille la plupart de ses collègues. La veille, il avait écourté sa participation au Grand Prix de *L'Auto* en zappant les quatre-vingts derniers kilomètres pour rentrer directement sur la capitale. Question maillot, Idée portait son tricot tricolore plutôt que le bleu ciel de la tunique d'Alcyon. On ne voyait que lui.

— Qui a sorti les vélos ? demanda-t-il.

Maniaque, il avait toujours bricolé lui-même ses cale-pieds ou le réglage du dérailleur. À une heure du départ, il vérifiait encore l'état de son Simplex 5 vitesses avec une méticulosité d'horloger.

— Ils sont où, les Belges ?

Soudain, la grosse voix d'un officiel avait résonné dans le hall et couvert les conversations.

Elle répéta l'alerte :

— Oh, qui les a vus ?

Il manquait encore une dizaine de concurrents. Tous belges. La colonie flamande avait débarqué le samedi à la gare du Nord, juste avant le Grand Prix de *L'Auto* annoncé pour le lendemain comme un match France-Belgique. Le dimanche, après l'arrivée de l'épreuve, ils avaient rejoint comme tout le monde le palais Berlitz, à deux rues de l'immeuble de la rédaction de *La France socialiste*. Jean Leulliot y avait donné rendez-vous aux partants du Circuit pour exposer ses recommandations.

Dans un hall bondé, il avait dévoilé à tous le « zèbre », disposé sur un chevalet pour l'occasion. Un maillot blanc cerclé de noir, la tunique que porterait le leader en course. Certains, comme Raymond Louviot, le rouleur de l'équipe Mercier, ou le Belge Marcel Kint, son coéquipier et champion du monde 1939, s'étaient amusés à le passer par-dessus la chemise. D'autres se faisaient photographier devant.

On se bousculait pour toucher la tunique. À l'écart, les intendants de chaque équipe distribuaient les maillots à leurs coureurs. Trois par personne, encore empaquetés, tout juste sortis du carton. En temps de pénurie, faute d'utiliser en abondance la soie ou le coton qui donnent légèreté et résistance au tricot, les fabricants avaient préféré la fibranne de bambou. Ça ferait la maille.

— Si on prend l'eau, ils vont tenir les maillots ou tout va s'effilocher ?

Eugène Galliussi, solide grimpeur de l'équipe toulousaine de France-Sport, venait de toucher son paquetage. Sur le trottoir, des coursiers belges vendaient les blagues de tabac rapportées de chez eux comme à chaque déplacement en France. En période de restriction, fumer du belge était moins cher et surtout la perspective d'un petit bénéfice. On avait donné l'info à Maurice Cressenssac, il acheta vite fait son tabac pour la semaine. Pendant ce temps, les mécanos rangeaient soigneusement les vélos, les dernières malles étaient bouclées. À 20 heures, il était temps de disperser la foule. La troupe de Flamands et de Wallons était partie en marchant vers son hôtel derrière les grands boulevards. Il était tard.

— Voilà les Belges !

Léon Évrard avait hurlé en les apercevant à l'entrée de la rue Louis-le-Grand. La bande se pointait à pied et à pas comptés. Van Overloop, Somers, Adriaenssens, Defoort, Van Espenhout, Vankerckhoven, Van Den Broeck et quelques autres avançaient, une valise ou un sac à la main, une casquette sur la tête pour certains.

— On voulait repartir.

Moral en berne, hors circuit. Martin Van Den Broeck, équipier de la Génial Lucifer, se fit porte-parole devant les premières questions.

— Si on doit subir une semaine comme on a passé nos deux jours à Paris, ça vaut pas le coup.

Tous râlaient. Des chambres d'hôtel vétustes qu'il faut partager, on s'en arrangeait. Mais, au menu, le cuisinier leur avait proposé deux dîners composés d'un bouillon maigre, accompagné de carottes cuites à l'eau. Sans pain. Ça ne nourrissait pas son Belge. L'idée de reprendre le train à la gare du Nord pour rejoindre leur pays avait traversé la bande. Assis sur leurs lits, ils avaient discuté jusque tard.

Jean Leulliot, le président des commissaires Henri Boudard, les patrons d'équipe venus aux nouvelles et quelques journalistes les entourèrent rapidement. L'heure matinale était à la négociation avant même que soit donné le départ. Leulliot et son organisation avaient déjà appris le forfait de dernière minute de trois coureurs. Ils n'étaient plus que soixante-neuf à prendre la route. Il fallait colmater la fuite tout de suite.

— Ne vous inquiétez pas, cria le directeur. Ce sera beaucoup mieux en course. Allez vous mettre en tenue. On vous attend.

Des poignées de tickets de rationnement changèrent vite de poche. Il fallait rassurer et nourrir le moral. En moins d'une demi-heure, la troupe se présentait à vélo. Les dernières valises étaient dans les camions. Il était bientôt 11 heures.

Personne n'entendit le moindre sifflet mais, soudain, le peloton prit vie. Au milieu de la cohue refoulée sur le trottoir, il tourna sans se presser à l'angle du boulevard des Capucines, s'avança vers l'Opéra, passa devant la Madeleine en procession, descendit la rue Royale et remonta les Champs-Élysées. Sous la bruine et sur les trottoirs, on saluait les cyclistes et la caravane. Passé l'Arc de Triomphe, le peloton glissa vers l'avenue Foch, le bois de Boulogne et le pont de Saint-Cloud où serait donné le départ réel. Le Circuit de France tournait encore au ralenti. En traversant Paris, chacun discutait, serrait un cale-pied, on sursautait quand un pavé mal joint faisait bondir le cadre. Il fallait profiter de quelques kilomètres de roue libre avant de passer aux travaux forcés, tous en étaient persuadés.

3

En route pour la galère

1re étape : Paris – Le Mans
Lundi 28 septembre 1942

Deux longs coups de klaxon firent rapidement tourner la tête des impatients qui guettaient leur arrivée depuis le pont de Saint-Cloud. Ils virent les motos déboucher sur le quai en contrebas. Derrière, le peloton des coureurs dodelinait sous la bruine, suivait docilement voitures, camionnettes, l'autocar de la presse et la fin du cortège, tous venus sans se presser du centre de Paris. Des gamins, qui n'avaient pas encore repris l'école, et des adultes donnaient de la voix autour de la caravane maintenant immobilisée sur la chaussée. Jane Sourza et Raymond Souplex, descendus de leur taxi, mirent également pied à terre. La comédienne et le chansonnier avaient fêté la veille au restaurant la première de *Vive la reine !*, leur nouveau spectacle au Palace. Aujourd'hui, c'était relâche et ils étaient invités à donner le départ de ce Circuit de France, sollicités par *La France socialiste* et Radio-Paris où ils animaient quotidiennement une émission l'après-midi.

— Ils auraient pu faire ça dans Paris, on aurait gagné du temps… grommelait Souplex à l'oreille de sa voisine.

Un coup d'œil au peloton, il remonta le col de son manteau, écarta les bras et balança dans un sourire :

— Messieurs, c'est à vous d'être sur scène.

Théâtral.

— Il faut du courage pour rouler sous la pluie, osa la comédienne, serrée dans son imper vert olive, en écoutant Jean Leulliot débiter à toute vitesse le CV de son Circuit. Elle n'y comprenait rien et s'évertuait, dans le vent, à tenir d'une main son chapeau qui ne demandait qu'à prendre un départ anticipé. Elle aurait dû prendre un parapluie, mais avec les photos… Elle le regrettait. À ses côtés, Souplex cherchait en vain une repartie de circonstance, un bon mot. Rien. Mais il aimait le vélo et les cyclistes qu'il était parfois allé voir tourner au Vél d'Hiv ou au Parc des Princes, alors il dit :

— C'est un Français qui va nous gagner ça, non ?

Il reconnut Émile Idée et son maillot tricolore.

— Voilà le vainqueur ! Le champion reste le champion, déclara-t-il sur un ton radiophonique, en scandant ses mots.

Il restait moins de cinq minutes avant le départ, Souplex ménageait le suspense.

Derrière eux, Henri Boudard, patron des commissaires de course, avait posé un cahier sur un capot de voiture. D'un trait de crayon assuré, il alignait des petits chiffres mystérieux sur une feuille où tombaient quelques gouttes. Il était presque 12 h 30, la course devait partir. À hauteur de la tête du peloton encore à l'arrêt, le long du trottoir, Pierre Dréan avait coupé le moteur de sa Terrot 500 CD, remonté ses lunettes embuées et posé ses deux mains sur le réservoir de son engin. Son passager, un entraîneur de la Dilecta, était descendu lui aussi. Peu importe le ciel gris et la pluie qui les attendait, il prenait enfin la route.

Impatients eux aussi, les coureurs ne s'étaient pas débarrassés de leur imperméable noir inconfortable qui collait déjà au tricot. Ils fixaient Mlle Sourza. Drapeau dans la main, l'actrice minaudait.

— Quel événement, mon cher Jean ! Bravo, messieurs !

Leulliot la pressa légèrement et poliment. Il était temps d'en finir, donc de partir. Quand la comédienne abaissa enfin son chiffon vermillon, la reprise d'une fine averse précipita le départ et l'on s'éparpilla sur le pont. Sourza et Souplex filèrent dans leur taxi. Les journalistes refluèrent vers leur autocar. Dans un cliquetis de dérailleurs qui couvrait à peine le ronflement subit des gazogènes, le peloton quitta Paris. Le Mans était à deux cent trois kilomètres. Plein ouest.

Il fallait d'abord avaler les pavés vers Saint-Cloud avec les meilleures intentions. Au sommet, sur une chaussée luisante où pointaient déjà les bouts de silex, le vent d'ouest attendait, prêt à faucher le premier groupe d'échappés qui filait sans prendre le temps de jeter un regard aux rangées de spectateurs sur les trottoirs. Lapébie, Louviot, Brambilla, Thiétard, Neuville, Idée et dix de leurs compagnons étaient comme soudés les uns aux autres. Le prologue parisien n'avait pas suffi à chauffer les muscles. Ceux qui avaient parcouru les deux cent cinquante kilomètres du Grand Prix de *L'Auto* s'évertuaient à dérouiller les jambes, le cou, le dos, les bras. Les autres, beaucoup d'autres, allaient dérouiller tout court. Déjà, derrière, trois ou quatre routiers avaient mis pied à terre, espoirs dégonflés par des crevaisons rapides ou des problèmes mécaniques.

À leur hauteur, Oudart descendit de sa camionnette et s'activa avec deux mécanos. L'un d'eux, Fernand Lesage, avait une roue dans la main.

— Putain, ça commence fort... lâcha-t-il.

Le cycliste, immobile, tenait droit son vélo tandis que le mécano, penché, s'activait maintenant sur le dérailleur en bougonnant :

— Mais t'as roulé où, Robert ? C'est tout de travers.

Panier, l'équipier d'Alcyon, tirait une mine penaude. Enfin, Fernand se redressa.

— Allez, vas-y, mais les gars, il n'y aura pas des boyaux pour tous à ce rythme-là. Faites gaffe avec cette route, ça va percer de partout !

Cinq kilomètres plus tard, le scénario se répétait. Fernand avait vu juste. Ce n'était qu'un début. La pluie redoublait, cette entame de course promettait une noyade.

À Ville-d'Avray, le public vit surgir les premiers, emportés par leur élan. En bas de la côte de Picardie qui ouvre l'entrée de Versailles, doigts déjà rougis par la pluie et le froid, mitaines détrempées, le petit groupe traversa la cité royale dans un souffle et s'évanouit dans la grisaille de la campagne de Seine-et-Oise.

À Rambouillet, après cinquante kilomètres d'endurance, la tête de course rejoignit la ville impériale et longea le parc du château, mais les spectateurs avaient du mal à identifier les coureurs moulés dans des maillots déjà maculés. Même le tricot bleu, blanc, rouge d'Émile Idée avait gommé ses couleurs sous la crasse.

— Prenez un peu les relais ! gueulait le champion de France en se retournant vers ses compagnons d'échappée.

Ils faisaient le dos rond ou comme ils pouvaient. Seul Jacques Geus, routier belge de la Génial Lucifer, se porta devant et resserra ses cale-pieds, insensible aux remontrances de ses coéquipiers. Geus était sourd et roulait plein pot. Les dérailleurs crissaient, deux ou trois jurons volaient. Les paroles s'envolèrent, les épaules s'affaissèrent, toute la bande avalait d'infâmes goulées de pluie et de terre mêlées. Le groupe de tête disparut vers Gazeran. On n'entendit plus rien.

À l'intérieur de sa voiture, Jean Leulliot griffonnait dans son cahier. Un œil sur la route à travers le pare-brise, l'autre sur ses notes. On ne distinguait que les gerbes d'eau fines, dérisoires jets projetés par les roues arrière des vélos.

— Il va y avoir de la casse partout. On n'avait pas besoin de ça. Pffft !

Leulliot se tassa sur la banquette arrière.

À Épernon, Mallet glissa et chuta. À la sortie de Maintenon, Fernand Mithouard, « l'increvable » d'Alcyon, était assis sur le bord du fossé, échoué dans son maillot bleu ciel qui avait viré au gris, quand une voiture de course arriva à sa hauteur. Depuis Paris, « Mithou » avait déjà dépanné trois fois des coéquipiers. Puis, à son tour, il avait percé et réparé. À la crevaison suivante, il n'avait plus de boyau. Et plus de moral. Son Circuit de France coulait sous une averse d'automne.

— Voilà ce que ça donne quand il n'y a pas d'assistance. On nous envoie au casse-pipe et que veux-tu faire ?

Il n'avait plus de forces pour râler lorsqu'on posa son vélo dans le camion. Il se mit au chaud dans une voiture, la tête dans les mains.

– C'est n'importe quoi, n'importe quoi... souffla-t-il en regardant la campagne défiler à travers la vitre, définitivement hors circuit.

Les premiers, Thiétard, Lapébie, Neuville, Le Guével et les plus valeureux, entamaient déjà la traversée de la Beauce, la plaine à perte de vue. Hypnotisés, ils s'accrochaient au cintre de leur machine, bombés sous l'averse dans un duel inégal avec le vent de face. Loin derrière, des groupes épars et décimés pénétraient sans énergie dans les faubourgs de Chartres, s'arrêtaient au ravitaillement improvisé près de la gare, réclamaient un imper, un bidon rempli d'un bouillon chaud ou imploraient la météo.

Au tiers du parcours, à Courville-sur-Eure, la caravane filait droit dans la grand-rue du bourg beauceron quand André Trialoux, le directeur sportif d'Helyett, devina une éclaircie en apercevant la boutique : Maison Germain et fils, droguerie et couleurs. C'était écrit au-dessus de la vitrine du magasin et sur la porte. Elle était ouverte, un adolescent planté devant pour voir passer la course. Trialoux l'écarta du bras et s'engouffra à l'intérieur.

– Bonjour, vous avez de la toile cirée ? demanda-t-il aussitôt.

Un grand rouleau reposait sur l'étagère. La toile unie fut posée sur la large banque par la vendeuse, étonnée de tant d'empressement alors que défilait devant sa boutique un cortège d'ombres et de machines surgies de nulle part. Trialoux acheta une dizaine de mètres qu'il fit redécouper, paya puis retourna dans sa voiture avec ses bandes de toile sur les bras.

— Francis, taille des chasubles pour les gars, lança-t-il à son passager quand le véhicule redémarra.

Avant que ses coureurs ne soient tous lessivés, le directeur sportif d'Helyett avait imaginé un poncho improvisé où l'on glisse la tête en laissant les bras libres. Son homologue de Dilecta, Léo Véron, avait, lui, déjà pensé à tout en glissant des rouleaux de toile médicale dans une camionnette au départ de Paris.

Devant, l'autocar de la presse avait distancé le peloton et rejoint Nogent-le-Rotrou pour le grand ravitaillement et le passage des musettes. L'après-midi était bien entamée. Paris était à cent trente kilomètres, Le Mans, à soixante-dix. Les journalistes se posèrent devant la mairie du bourg percheron. Depuis Paris, ils avançaient sans rien voir de la course, faute de trouver une place dans une voiture suiveuse pour les raisons que l'on connaît. Dans le car, quelques-uns avaient commencé à taper un papier avec une machine à écrire posée sur les genoux. Tous, ou presque, avaient conservé le manteau ou le paletot, l'écharpe ou le cache-col pour se préserver du froid. Les plus prévoyants, ou les plus méfiants, avaient pris soin au départ d'enfiler une doublure en laine, des mitaines, d'autres avaient gardé leur casquette. La pause à Nogent-le-Rotrou sonnait comme une délivrance. Il y aurait au moins une boisson chaude et même peut-être des infos. Un luxe.

Au ravitaillement, les soigneurs et les musettes, eux, étaient déjà échauffés.

— Verse du bouillon chaud dans les bidons, cria René, le soigneur de France-Sport. Y a quoi dans les musettes ?

— Du raisin, une tartelette, des morceaux de sucre, précisa l'employé municipal qui garnissait les poches en tissu avec toute l'attention administrative requise pour sa tâche.

Doucement mais sûrement.

— Traîne pas, traîne pas, pesta le soigneur en chipant un sac.

Il y plongea la main.

— Remets du sucre !

Il n'y avait plus de sucre. Ou si peu. En tout cas pas assez. Il y aurait des déçus.

— T'as pas du pain d'épice ou des bananes ? insista René.

— On a préparé tout ce qu'on pouvait, comme prévu, plaida un homme en costume bleu qui assistait à la scène.

L'adjoint au maire, contrit, pensait avoir tout bien préparé comme il l'avait assuré à Machurey et Lefranc lors de leur passage fin août. Ici à Nogent-le-Rotrou, en cette après-midi traversée par une course déjantée, René et ses confrères réclamaient davantage. L'impossible. Tout de suite.

Heureusement la pluie avait cessé et une population nombreuse se rangea docilement en haie d'honneur sur les trottoirs pour assister au passage. De l'autre côté de la rue, le drapeau tricolore flottait au grand balcon de la mairie face à l'imposante statue en pierre grise de Paul Deschanel, l'ancien président de la République. À jamais immobile, bras croisés, posture bravache, l'enfant du pays, décédé vingt ans plus tôt, toisait ceux qui levaient les yeux vers lui. Au pied du monument au célèbre défunt, sur la petite place, s'invitaient la course et ses forçats. Et la foule pour commémorer l'événement.

Peu de temps après, les irréductibles du groupe de tête déboulèrent, attrapèrent à la volée une musette. Ni repos ni répit, ils filaient vers La Ferté-Bernard, Le Mans, là-bas vers l'ouest. De l'autre côté, à l'est, la procession des poursuivants, des éparpillés et des battus n'apparaissait pas encore. On ne savait rien des premiers abandons de l'après-midi mais deux officiels s'inquiétaient des délais.

— Dis-moi qui est passé ! cria un grand chauve à lunettes, en charge du contrôle.

— Je crois qu'il y avait le 34, le 8 et le 32, se hasarda son collègue commissaire.

Il était 16 h 30, tous les maillots étaient gris, les plaques de vélos, illisibles. Quand un peloton plus groupé se pointa, le brouhaha s'épaissit.

— Les voilà ! s'exclama une voix dans le public.

Marcel Kint et quelques-uns de ses compatriotes relégués à plus d'une demi-heure des leaders mirent pied à terre. Trempés et rincés.

— On s'est retrouvés paumés dans la plaine. Tout le monde crève. C'est pas une course, ça... râla Jules Lowie, coureur belge de Mercier.

D'autres maudissaient le froid et la pluie, les chutes, l'ennui et le gris. Avant Nogent-le-Rotrou, il avait fallu frictionner de longues minutes Odiel Vanden Meerschaut pour lui faire reprendre la route. L'ancien champion de Belgique, à bout de forces, avait posé le vélo sur le bord de la chaussée et s'était assis là. Hagard, le genou droit éraflé.

— Je ne repars pas. C'est plus une course. Je suis vidé, je m'en fous, tu comprends ?

Le soigneur de Mercier avait posé une couverture sur son dos et fini par le relever.

— Bois ça. Tu vas revenir, le plus dur est passé. Il reste dix kilomètres avant le ravito.

À demi-convaincu, Vanden Meerschaut était remonté sur le cadre. Mécaniquement. Et il était reparti en s'accoudant à la voiture de son directeur.

— Tu vas tenir, Odiel, tu vas tenir, l'avait encouragé Pierrard, bras à la portière.

— Je vais mourir, oui, avait répondu son coureur.

Il était arrivé, vivant, à Nogent-le-Rotrou.

Devant la mairie, les retardataires confessaient leur galère quand la question d'un journaliste vint tout enflammer.

— Est-ce une compétition plus dure que ce que vous attendiez ? Vous n'êtes pas habitués… risqua Noël Brisseau.

Il n'aimait pas les cyclistes belges, leur reprochant de fausser les courses en s'alliant pour rafler les primes. Et puis on racontait aussi que les Belges utilisaient du doping en prenant des billes de kat qu'ils transportaient dans leurs bidons, ce qui causait un petit tintement caractéristique. On aimait colporter tellement de choses sur les Belges, éternels rivaux du peloton tricolore… Brisseau n'eut pas le temps de finir sa phrase.

— Si tu veux, toi, prends mon vélo, lança Jules Lowie, coéquipier et compatriote de Vanden Meerschaut.

Il avait le visage, la casquette et les lunettes couleur charbon. Et deux yeux gris en colère. D'autres routiers firent masse avec lui. Les Belges avaient failli renoncer au départ, désormais ils songeaient à louper l'arrivée.

— Nous, on va monter dans votre car, bien au chaud. Vous allez voir !

Lowie et les siens joignirent le geste à la parole en écartant du bras Brisseau, planté là. Quelques journalistes, dans un réflexe dérisoire, se dressèrent sur les marches du véhicule. Pas leur car, pas maintenant. Pas après cent trente kilomètres de course.

Jean Leulliot, soudain réapparu, se fraya difficilement un passage jusqu'aux rebelles comme on monte à l'assaut d'une barricade.

— Les gars, on se connaît. C'est dur mais vous n'allez pas lâcher maintenant...

L'ambiance était tendue. La direction de course promit du mieux pour ce soir et offrit tout de suite du rab de musette. Après vingt minutes de flottement, les frondeurs retournèrent vers leurs vélos alignés au pied de la statue de Deschanel. Résignés. Abîmés. Qu'importe le chrono, Henri Boudard assurait que les délais seraient rallongés. Et ils quittèrent sans enthousiasme le centre de Nogent-le-Rotrou pour descendre vers La Ferté-Bernard.

Loin devant, les échappés maintenaient la cadence et leur avance. À vingt kilomètres de l'arrivée, la route était plus large et la bagarre finale, si proche. Lapébie et sa meute écrasaient leur pédalier à chaque tour, insensibles à la douleur. Voilà plus de cinq heures qu'ils s'infligeaient le martyre et personne ne cédait. Ils entrèrent dans Le Mans en remontant les avenues jusqu'au vélodrome Léon-Bollée débordant de spectateurs bruyants. Rescapé d'une étape dantesque, un trio se présenta au sprint sur la piste cimentée et glissante du vélodrome, accompagné par l'ovation de la foule qui ignorait tout du calvaire enduré depuis Paris alors qu'il restait moins de quatre cents mètres à parcourir. Il fallut à Lapébie, le leader de l'équipe Mercier, un supplément de rage pour chaparder au sprint quelques mètres d'avance au Belge François Neuville et à Louis Thiétard. 5 heures, 57 minutes, 49 secondes. Derrière, par grappes, suivirent Van Overloop, Le Guével, Rossier, Vlaeminck. Et plus tard, Guégan, Caput, Idée, Jezo, Goutal, Tiger, Blum, Bonduel. Et les autres, bientôt. En séchant, la boue leur avait déposé des ridules au coin de la bouche et des yeux. Tous portaient le même masque de cire grise, moulé par l'effort.

Il était 18 h 30 et des silhouettes en cuissard, chaussettes grises, avec une toile cirée ou une couverture sur le dos, avançaient penchées, se croisant dans un paddock improvisé, marchant à pas lents en évitant les flaques. Des croûtes de sang séché sur les genoux, les mollets ou les avant-bras résumaient les peines. Il ne pleuvait plus.

Oudart et ses sbires zigzaguèrent entre les groupes, à la recherche du matériel. Il fallait faire vite.

— Ramenez vos vélos aux camions, s'égosilla-t-il. Doucement, doucement, poursuivit-il en voyant des spectateurs accompagner deux coureurs hagards qui poussaient leur machine.

L'aire centrale du vélodrome était devenue foirail. Le préfet avait exigé qu'on invite quelques dizaines de prisonniers revenus des camps d'Allemagne dans le cadre de la relève. Ils étaient massés au pied de la tribune, mobilisés pour la photo.

Le haut-parleur réclama Guy Lapébie au podium posé sur la pelouse. Le maire du Mans et Leulliot brandirent le maillot zébré blanc et noir et le champion olympique landais des Jeux de Berlin en 1936 enfila la tunique toute propre. Il y avait au moins un homme heureux ce soir au Mans.

Maurice Kallert, coursier de France-Sport, fut le soixantième et dernier de la liste au classement. Une heure et dix-neuf minutes après Lapébie. Puis on compta les abandons. Neuf. Maye et Mithouard, copains d'Émile Idée chez Alcyon, avaient quitté la course. Auguste Mallet avait fait de même, accompagné par ses équipiers Deltour et Tanneveau. Dante Gianello, le leader de France-Sport, aussi. Les Belges Lambrichs, Paepe et Adriaenssens également. Quarante-trois crevaisons, des dérailleurs esquintés, des roues voilées, l'énumération racontait l'enfer et nourrissait un début de polémique.

Maurice Machurey écourta le débat quand il prit le micro.

— Les coureurs doivent gagner au plus vite leur hébergement. Chacun a sa feuille de route pour son logement.

Personne ne se fit prier pour fuir le vélodrome éteint par un ciel de plus en plus gris. Les derniers du peloton rejoignirent en voiture le grand séminaire de l'abbaye mancelle que l'on distinguait sur les hauteurs de l'autre rive de la Sarthe. Les plus pressés avaient déjà grimpé jusque-là, parfois avec leur vélo. L'organisation avait dispatché toute la troupe dans la ville. Là, on mettrait deux journalistes par chambre d'hôtel ; ici, on ferait dormir les officiels en se serrant. À la guerre comme à la guerre...

Dans la cour du séminaire, une fois l'entrée de la double porte massive en bois passée, derrière les hauts murs d'enceinte, les véhicules étaient garés. Une salle de cours au rez-de-chaussée servait d'atelier. Oudart et ses hommes y établissaient leur périmètre, ouvraient les caisses, sortaient d'improbables outils de torture pour des cadres épuisés.

Au sein du grand séminaire, seul hébergement collectif que Machurey et Lefranc avaient pu dénicher au Mans, le peloton s'installa sans enthousiasme dans les dortoirs humides des étages supérieurs. La température était frisquette et les douches, tant attendues, abandonnaient chichement un filet d'eau fraîche. La couverture posée sur chaque lit était si fine...

— On se fout de notre gueule, quand même. Une douche froide après tout ce qu'on a enduré ! tonna André Defoort avec son accent flamand.

Le coureur de la Génial Lucifer, rapidement lavé, avait rincé son cuissard et son maillot dans le grand évier.

— Comment veux-tu que ça sèche ?

Un autre rappela que, quelques semaines auparavant, le peloton du Grand Prix du Midi avait séjourné à l'hôpital militaire de Marmande. Pas de quoi rire. Personne n'avait envie de s'éterniser dans le dortoir.

Au rez-de-chaussée, sur le tableau noir du hall d'entrée, il était écrit à la craie : « Bienvenue aux coureurs du Circuit de France. » Jean Leulliot, avant de s'éclipser vers son hébergement en ville, peina à y rassembler sa troupe.

Il félicita « les intrépides du premier jour ». « Cette date restera dans l'Histoire... », ajouta-t-il. Ses mots se perdaient et peu l'écoutaient.

Dehors, Maurice Cressenssac, après avoir vidé son chargement de valises et cantines, s'assura qu'il pouvait refaire le plein des réservoirs de gazogène. Pressé. Soulagé, il croisa Machurey.

— On m'a dit que c'est à la préfecture qu'on récupère le carburant. Vous avez le laissez-passer ?

Machurey le lui rapporta cinq minutes plus tard. Sésame en poche, Cressenssac retourna à sa cabine, il faisait encore jour. Il regarda sa montre. 20 heures. L'heure du couvre-feu. Mais ça valait le coup de zapper le dîner. Au moment d'ouvrir la portière de son camion, une voix l'interpella :

— Tu repars ? Tu vas où ? Tu peux nous déposer en ville ?

Lucien Courtial, le mécano, s'était approché.

— Je vais faire du carburant mais je ne reviens pas tout de suite. Je rejoins de la famille à Pontlieue, à la sortie du Mans.

Cressenssac s'installa au volant, Lucien monta à sa droite, aussitôt suivi de Fernand Lesage, un autre mécano apparu soudain. Le chauffeur râla un peu pour la forme et finit par lâcher l'embrayage. Comme Cressenssac, les mécanos bénéficiaient d'un laissez-passer qui leur permettait de rentrer tard à leur hébergement après avoir travaillé sur les vélos, recousu ou recollé des boyaux, nettoyé les dérailleurs, les manivelles, rincé les cadres, retendu les chaînes ou la guidoline des cintres...

— Quand c'est la galère, on peut y passer une partie de la nuit, dit Lucien.

Les hommes d'Oudart avaient décidé de s'offrir une pause nocturne. Ils achèveraient l'entretien en rentrant.

Au même moment, au séminaire, veillé par le grand crucifix suspendu au mur au bout de la pièce, l'assemblée passait à table. Le menu ne donnait pas envie de s'y éterniser : bouillon de légumes, tranches de viande froide, carottes cuites, compote de pommes, du pain, de l'eau. Le tout contre les indispensables tickets de rationnement. L'étape du jour se refaisait de table en table. À travers les vitres, on voyait la pluie tomber. La soirée allait être longue.

La colonie médiatique avait été conduite en ville. Il y avait eu un moment d'affolement après l'épilogue au vélodrome quand chacun s'était inquiété de savoir d'où il pourrait téléphoner son papier à sa rédaction. Georges Briquet avait donné de la voix. Il rappelait qu'il avait trois rendez-vous quotidiens en direct. Le premier à la mi-journée, le deuxième à 18 h 35, le dernier à 22 heures en compagnie de Jean Leulliot. Quand l'autocar de la presse avait déposé ses passagers à leurs hôtels, la pression était retombée.

— Allô ? Allô ? Daniel ? C'est Constantin... Oui, Constantin ! Tu m'entends ? Ça va ?

— Tout baigne, mon vieux. Et toi ? T'es où ? répondit une voix étouffée par l'écouteur.

— Au Mans ! Tu me passes les sténos ? Merci... Oui, salut !

Et la voix de Constantin Brive, l'un des envoyés spéciaux de *La France socialiste*, s'éleva posément pour dicter les échos de sa rubrique. De l'autre côté de la salle de restaurant, Marcel de Laborderie, dépêché par Radio-Paris, finissait de préparer son papier sur une table de bistrot.

Le hall d'hôtel se transforma en salle de rédaction, sous le regard impavide de trois garçons de café curieux.

À deux kilomètres de là, Maurice Cressenssac se présentait déjà à l'entrée de l'immense caserne, rue de l'Arsenal, où l'armée allemande avait pris ses quartiers. À la préfecture, on l'avait redirigé vers cette adresse. Comme le passage des véhicules de la caravane était annoncé le lendemain matin, le planton s'étonna de cette arrivée nocturne.

— Je ne peux pas venir demain, dit le chauffeur, pressé. J'en ai besoin maintenant. C'est officiel, le Circuit de France, les coureurs.

Deux coups de téléphone plus tard, le planton revint.

— Allez, vite ! *Schnell ! Schnell*, monsieur !

Cressenssac ne s'attarda pas pour faire le plein et le camion s'échappa à nouveau de la cour.

— Laisse-nous près de l'hôtel là-bas, souffla Lucien à voix basse alors qu'ils arrivaient près de la place de la gare, plongée dans une semi-obscurité.

— Vous vous démerdez pour rentrer ? demanda le chauffeur.

— T'inquiète pas ! Allez, bonne soirée !

Les deux passagers sautèrent à terre.

La boîte de vitesses craqua un peu quand Maurice accéléra pour rejoindre la banlieue mancelle et le quartier de Pontlieue. La grande expédition de sa journée commençait. Il connaissait l'adresse et le parcours. Le Mans, Écommoy, Connerré, Arnage ou Ballon, il avait mené des livraisons partout dans la région avant l'Occupation. Il avait ainsi connu Régine et son mari, boucher-charcutier à Savigné-l'Évêque. Ils tenaient toujours commerce et, en période de restriction, élever volailles, cochons, lapins dans leur fermette, ça n'avait pas de prix. Quand Maurice avait su qu'il partait sur les routes du Circuit de France, il avait décidé de joindre l'utile au comestible. Tout ce qui était rare était cher. À Paris, on manquait de tout. Presque jovial, il gara le camion dans la rue déserte. Il était 21 heures passées. Pas question de se rendre à Savigné-l'Évêque à quinze kilomètres, la nuit. Ses amis avaient choisi de le retrouver au Mans où ils possédaient un petit magasin. On devinait un rai de lumière à l'arrière de la boutique. Il toqua, elle ouvrit.

— Il est tard, dit Régine dans un soupir, je pensais que t'avais eu un problème.

La charcutière avait passé une veste de laine sur sa blouse bleu ciel et referma vite la porte derrière le chauffeur.

— Bah non ! Et puis j'ai un laissez-passer. Roger est là ?

Roger était parti livrer « dans la famille ». Il rentrerait le lendemain, c'était plus prudent.

— T'as mangé, Maurice ?

À voir la tête du chauffeur, elle embraya :

— Tiens, prends des rillettes dans la cuisine, là.

Venu s'asseoir à la table, de sa main droite Maurice saisit le gros bocal de rillettes, avec la gauche il happa le goulot d'une bouteille de vin ouverte et se versa un verre.

— Du cheverny ! Un cousin de Roger fait ça. Si tu veux des bouteilles, la prochaine fois...

Maurice, repu, bavarda, raconta l'étape, l'ambiance. En l'écoutant, Régine, qui avait sorti un carnet de la poche de sa blouse, comptait les pots, les bocaux et son addition. La pièce était à demi éclairée mais on devinait des cageots et trois cocottes au sol près d'un haut vaisselier. Les affaires marchaient bien.

— C'est une bonne opération pour toi, dit-elle avec un sourire pincé.

Encore un verre de cheverny et Maurice sortit ses billets. Une heure était passée.

— Tu rentres où ? demanda Régine

— Au séminaire ! s'exclama Maurice, non sans rire. Je dors dans une chambre de moine. C'est derrière la cathédrale, une vraie prison, tu verrais.

Il était près de 22 heures. Son marché assuré, il faisait nuit noire maintenant. Rillettes, rillons, terrines, jambon cru, bocaux de légumes, sacs de pommes de terre garnissaient à présent le fond de la large malle en osier dans le camion. Maurice posa sur son butin des sacs en toile de jute et saupoudra le tout de pièces détachées. La course démarrerait à 11 heures. Maurice devrait charger dès 8 h 30. Avec sa malle remplie de victuailles à l'arrière et, dans une poche de sa veste, la bouteille de cheverny à demi pleine, il repartit. Le Circuit de France l'avait mis en appétit. Ça commençait bien.

4

Emportés par la foule

2e étape : Le Mans – Poitiers
Mardi 29 septembre 1942

Jacques Oudart avait ouvert les yeux et bâillait en s'étirant. Il repoussa la grosse couverture de chanvre remontée jusqu'au cou et s'assit sur le matelas. Sa montre indiquait 6 h 30, l'aube était timide. Le mécano ne s'était toujours pas fait à l'organisation allemande depuis que l'Occupant, à l'été 1940, avait imposé qu'on avance les pendules d'une heure en France pour s'aligner sur celle de Berlin. Oudart ouvrit la porte arrière de sa camionnette pour apercevoir la cour du séminaire dans une semi-pénombre. Un silence religieux dominait.

Comme il en avait fait la promesse, le mécano parisien avait installé son gros matelas dans son véhicule pour transformer le lieu en chambre pendant tout le Circuit, juste à côté du matériel et des vélos dont il redoutait le vol. Sur place, il surveillerait tout.

« Ça ne me pose aucun problème. » Il en avait rajouté, bravache, à ceux qui, le matin du départ, à Paris, l'avaient aperçu embarquer son matériel de couchage. En le voyant se masser le cou et le bas du dos, engoncé dans sa veste en cuir qu'il n'avait pas quittée, on aurait juré qu'il regrettait son choix. C'était ça ou le dortoir qu'il avait brièvement aperçu la veille au soir. Pas mieux. Dans le camion, il était seul à ronfler et il ne faisait pas plus froid.

Le mécano, bien réveillé, gagna en quelques pas le grand bâtiment proche. Personne dans le hall. Il se dirigea vers la salle où l'on avait entreposé le matériel la veille, en fin de journée. Il ouvrit la porte, alluma la lumière et jura :

— Mais c'est quoi, ce bazar ? Qu'est-ce qu'ils ont foutu, ils sont où ?

Oudart traversa dans la pièce en criant :

— Lucien ? Fernand ? Antoine ? Oh, Lucien ?

Des pots de colle traînaient sur une table, à côté des aiguilles et du fil. Des jantes couchées et des boyaux déchirés, ventre ouvert, avaient été abandonnés à proximité. Tout un chantier. Ses cris avaient réveillé les voisins les plus proches et deux mécanos entrèrent en courant dans la pièce. Oudart les dévisagea.

— C'est quoi, ce bazar ? Ils sont où, les autres ?

Le chef mécano ne décolérait pas. Les deux garçons ne trouvaient pas les mots pour l'apaiser.

— On a commencé le boulot hier, monsieur Oudart. Regardez !

Ils désignaient des boyaux réparés sur une table. À côté, un vélo de la Dilecta et un autre d'Helyett brillaient. Ils avaient nettoyé la chaîne et le dérailleur. Ailleurs, de toute évidence, le travail n'était pas terminé et Oudart l'avait vu.

Le remue-ménage attira les premiers levés. Certains passèrent voir la cause d'un tel boucan et ressortirent. Très vite on sut que les mécanos n'avaient pas tout réparé et, à moins de trois heures du départ, l'urgence était décrétée. Alertés, des coureurs qui avaient mal dormi dans le dortoir vinrent aux nouvelles. Oudart ne répondit pas. Il avait mis ses deux acolytes au boulot. Et lui aussi cousait, collait.

Dans l'effervescence qui avait gagné le rez-de-chaussée, personne ne remarqua l'arrivée discrète de Lucien et Fernand. Ils entrèrent, aussitôt repérés.

— Non, mais les gars, c'est quoi ça ? Qu'est-ce que vous avez foutu ? Vous étiez où ?

— On en a déjà fait une grande partie hier, Jacques, tu sais.

Courtial était le plus courageux. Il s'expliqua :

— On a rejoint un ami hier soir. Maurice nous a descendus en ville avec son camion, ça a traîné et quand on a voulu rentrer pour finir les réparations, c'était couvre-feu. On se serait fait arrêter, c'est sûr.

Les deux mécanos prétendirent qu'ils avaient arrosé copieusement leur passage au Mans chez le copain de Lucien. À 1 heure du matin, après le calva, il était hors de question de traverser la ville à pied pour rentrer au séminaire. Avec une mine de circonstance, il confessa qu'ils s'étaient endormis et réveillés trop tard. Oudart avait la désagréable sensation que son adjoint lui mentait mais il n'avait pas d'autre choix que d'accepter cette version de la virée nocturne. Tout devait être prêt à 10 heures quand le peloton quitterait le séminaire pour rejoindre la place de la République et le départ.

— Mettez-vous au boulot ! dit-il aux retardataires qui imitèrent les trois autres déjà occupés.

Il prit Lucien à part.

— Lucien, tu me refais ça, t'es illico dans le train pour Paris. Et on ne te verra plus jamais sur une course. Jamais. Compris ? Mais que t'es con !

Le jeune mécano se pinça les lèvres.

— Elles étaient jolies au moins ? ajouta Oudart, persuadé que l'escapade avait pour motif une soirée en bonne compagnie.

Le mince sourire de Lucien entretint le doute. Si Oudart voulait croire à ça… Il repartit vers ses complices déjà appliqués à la tâche, sans rien dire. Ça sentait maintenant la colle dans la salle.

Au séminaire, la nuit avait été trop longue pour se reposer. Le froid, les ronflements, la piètre qualité du matelas trop étroit, tout grinçait. Réveillés, les pensionnaires d'un soir apparaissaient maintenant dans l'escalier qu'ils descendaient à pas lents… Tout le monde n'avait pas pu se faire masser après l'étape et chacun s'en était remis à sa routine. La cage d'escalier respirait l'embrocation au fur et à mesure que les hommes s'y croisaient. Lapébie malaxait son genou gauche, inquiet.

— J'ai dû dormir trois heures, je suis cramé.

En cuissard, pull en laine sur le dos, le vainqueur de l'étape descendit précautionneusement les marches. Les jambes raides.

— J'ai eu du mal à m'endormir et avec le froid dans ce dortoir, c'est pas l'idéal. On verra bien.

Il croisa son équipier Jean-Marie Goasmat, déjà en tenue.

— T'es jamais fatigué, toi !

Le Morbihannais portait un maillot violet tout propre. Prêt. Il n'était pas 9 heures. Goasmat était un dur au mal, un dur à l'entraînement. Il en fallait plus pour décourager un coureur à qui il prenait l'envie de rouler de Nantes à Paris à vélo quand il avait une course dans la capitale. Pour s'échauffer. Alors Paris-Le Mans sous la pluie... Goasmat avait bien dormi.

Dans le hall, une odeur de chicorée et de café d'orge s'échappait des grands brocs déposés sur les tables du réfectoire. Il y avait aussi du pain, des pommes, de la margarine, des grappes de raisin. Plus tard, place de la République où était attendu le regroupement de tous les participants, un petit déjeuner serait servi dans la salle du café du Commerce où étaient prévus les contrôles de départ.

Au grand jour, la cour fermée du séminaire était encore plus sinistre même s'il ne pleuvait pas. La caravane du Circuit ressemblait à un cirque ambulant. On rechargeait les camions et camionnettes avec les valises et les malles. Quelques moteurs ronflaient. Et les cyclistes récupéraient leur vélo pour affiner leurs réglages. Lucien, Fernand et les autres avaient forcé la cadence. Les boyaux étaient recousus et maintenant chaque coureur venait en remplir ses poches.

Ceux qui avaient abandonné au cours de l'étape de la veille se présentèrent en civil et leur entrée dans le réfectoire ajouta à la morosité autant que le gris du ciel et la pluie. Le peloton, qui grossissait régulièrement autour des tables, déjeunait à voix basse quand une apparition précipita le chahut. Une dizaine de coureurs, en pantalon et blouson, entrèrent, valise en main. Kint, Defoort, Lowie,

Ritserveldt et d'autres, les rebelles de Nogent-le-Rotrou, étaient à plat. Retour au pays. Sitôt arrivés au Mans la veille, sitôt repartis ce matin-là vers Paris.

— À Paris, c'était déjà la galère. Dans l'étape on a tout enduré et on finit dans un séminaire où il n'y a pas d'eau chaude et pas de chauffage, plaida aussi calmement que possible Albéric Schotte, équipier de Guy Lapébie.

— On a bien réfléchi. Ce soir, c'est quoi ? La nuit dans un baraquement ?

Personne n'en rajouta. La décision était irrévocable.

— On va descendre à la gare et on prendra un train pour Paris, conclut André Defoort.

Avec lui, cela faisait six abandons chez Génial Lucifer. La moitié de l'équipe dissoute en une seule journée sous la pluie. Un comble. La délégation belge et ses vingt-sept coureurs annoncés sur le programme à Paris en avaient perdu quatorze avant de quitter Le Mans. Une déroute.

La nouvelle de la « désertion » des coureurs flamands et wallons était parvenue au sprint jusqu'à la place de la République et l'hôtel de l'organisation, en centre-ville. Leulliot y finissait son petit déjeuner avec Günther Kezer. Le major, logé à la Kommandantur, était cette fois accompagné de quelques officiers et sous-officiers venus « voir le spectacle ».

— Ça fait beaucoup de départs ? questionna Kezer.

Ça faisait désordre.

— Juste des problèmes d'intendance, Günther, tempéra Leulliot.

Le président Banino, assis à côté d'eux, avait le visage grave. On s'était tellement interrogé sur la motivation des coureurs, voire celle des directeurs d'équipes. Les autorités avaient insisté.

« Ont-ils eu le choix ? » pouvait-on lire dans l'édito d'un journal de la zone non occupée. Le renoncement du Niçois René Vietto, bien peu concentré sur sa carrière de cycliste, les états d'âme d'Émile Idée et les doutes de la presse, ça faisait déjà désordre. La fuite des coursiers belges à la première averse, c'était la goutte d'eau... L'optimisme débridé de la presse collaborationniste et la présence du public n'y feraient rien.

— Ils ne sont pas encore partis ! reprit le directeur de course en tapant sur la table.

Il se leva. Avec Boudard et Machurey, il planta là ses hôtes de table et fila vers sa voiture garée dans le parking de l'hôtel. Ils rattrapèrent vite les Belges à la gare, avançant d'un pas décidé. Sur la place, on devinait déjà les silhouettes de Pierrard et Véron, venus une dernière fois discuter avec leurs hommes sans que l'on sache s'ils approuvaient leur décision. Leulliot et ses acolytes se joignirent à la discussion. Pendant que Kint argumentait pour tout le monde, Lowie et Depredomme étaient au guichet pour se renseigner sur l'horaire du prochain train.

— Il est à 11 h 15, annonça le coureur de Mercier. On a le temps, maintenant.

Leulliot et les directeurs d'équipe avaient épuisé leurs promesses, ils repartirent place de la République.

Elle était envahie par les coureurs, la caravane et les spectateurs, le Circuit de France offrait une autre ambiance que le parvis de la gare.

— Les lâches ont fui à la première difficulté.

Noël Brisseau répétait son verdict de table en table, en donneur de leçons. Brisseau trouvait toujours à médire, c'est bien ce qu'on lui reprochait. Grâce à son père qui avait connu une courte carrière dans la publicité avant de travailler à *L'Auto* avant la guerre, le reporter avait discrètement débuté dans le quotidien sportif. Hâbleur, à défaut d'être brillant, il avait fini par agacer Goddet qui l'avait débarqué quand il avait refusé de rejoindre la rédaction à Lyon après l'invasion des troupes allemandes. Le jeune homme avait préféré, sur les conseils de son père, prendre la direction de Vichy au début de l'automne 1940. Embauché quelques mois au commissariat aux Sports, Brisseau s'était imaginé une future carrière politique. Il était assez fourbe pour y réussir mais, plus concrètement, il n'avait que l'envergure pour siéger dans un bureau de l'administration et lassait déjà ses collègues. Membre du Parti populaire français, il voulait « remonter » à Paris. Ce fut chose faite en novembre quand *La France socialiste* avait été créée. Un seul rendez-vous avec Leulliot avait suffi et il avait été embauché sur recommandation. À vingt-huit ans, il revivait et se rendait indispensable auprès de son rédacteur en chef. Son père, parti lui aussi de *L'Auto*, s'oubliait désormais dans un rôle de commercial pour une maison de vins de Champagne. Au moins, avec les Allemands, il était rassuré : la consommation n'avait pas baissé. Brisseau père et fils étaient très occupés.

En milieu de matinée, tout le monde avait quitté le séminaire rendu à son calme et sa grisaille. Les premiers coureurs arrivés place de la République se restauraient au café du Commerce. Il bruinait toujours. On ne partirait pas à

11 heures, c'était sûr. L'envol de la deuxième étape était suspendu à l'épisode du départ des Belges.

Maurice Cressenssac se tenait à l'écart de l'agitation. Il prenait personnellement soin du chargement de son camion, à nouveau plein de valises. Maurice se fâcha même quand quelqu'un voulut riper la grande malle du fond.

— Touche pas à ça ! cria le petit homme. C'est moi le responsable.

Il restait à côté de son Berliet comme on veille sur un trésor. Rillettes et bocaux avaient passé une bonne nuit mais le voyage était encore long. Le chauffeur s'impatientait. Des soldats allemands et des policiers zigzaguaient entre les véhicules, se hissant sur la pointe des pieds pour deviner l'intérieur du camion. À la vue d'une rangée de vélos, ils s'intéressèrent, discutèrent, puis s'éloignèrent. Vivement le départ...

Pierre Dréan suivait les préparatifs sans anxiété. Sa nuit au séminaire n'était pas pire que celles passées dans les bois des Ardennes au printemps 1940. Les péripéties de l'étape Paris-Le Mans, son baptême de l'eau n'avaient pas entamé son enthousiasme. La moto avait supporté le trajet et la pluie. Ses passagers, tantôt un soigneur, tantôt un entraîneur ou un photographe, l'avaient distrait. Au Mans, surtout, il avait pu donner le coup de téléphone prévu en début de soirée. Sa correspondante avait juste précisé :

— Le Café populaire, à côté du tribunal. 19 heures. Un fichu rouge sur la tête. Faites attention sur la route avec ce mauvais temps.

Pierre avait juste pu dire qu'il pleuvait aussi ici. *Clic !* Elle avait raccroché.

Il parcourut ses notes du parcours entre Le Mans et Poitiers, un carnet étalé sur le réservoir. Sur le tracé, il lisait les noms : Arnage, La Flèche, Angers, Saumur, Montreuil-Bellay, Loudun, Mirebeau, Poitiers. Une leçon de géographie.

À 11 heures, Leulliot et Banino avaient retrouvé de leur superbe. Les Belges étaient en partance pour Paris, tant pis. Les cinquante résistants du peloton, déjà amputé de près d'un tiers de son effectif, étaient au départ pour Poitiers, tant mieux. La place de la République débordait de spectateurs. Les curieux slalomaient entre les vélos et il fallut élever la voix pour ramener un semblant de calme. Guy Lapébie, vainqueur la veille et leader, était encore entouré par sept équipiers malgré les défections de Kint et consorts.

— Ce qu'on a fait hier, on peut le refaire, expliqua le Landais, moulé dans le maillot violet de sa formation et non dans la tunique zébrée portée sur le podium.

Les commissaires de course, en réunion la veille au soir, avaient décidé que le leader ne partirait pas avec le tricot cerclé noir et blanc, trop fin pour supporter les mauvaises conditions météorologiques.

— C'est pas un maillot pour courir par ce temps-là. C'est de la soie pour courir l'été. Vous voulez que Guy tombe malade ? répéta Pierrard à la presse qui s'interrogeait sur la disparition du tricot noir et blanc.

Comme un mauvais présage...

— Regardez Idée, c'est la même chose, conclut-il.

À quelques mètres, le champion de France portait le bleu ciel d'Alcyon. Oublié le maillot tricolore gagné à Lyon.

— Trop fin. J'ai eu froid toute la journée. On verra un jour pour le porter de nouveau si le soleil arrive enfin, déclara le grand coureur de Levallois.

Urbain Caffi, son équipier, vint le rejoindre pour lui parler :

— Milou, j'ai couru Paris-Nantes en août.

Idée se souvenait : le même jour, il avait remporté à Paris le Grand Prix des Nations.

— *Va bene così*, on a suivi le même parcours. Jusqu'à Angers, je connais. Si on démarre tout de suite... ajouta Urbain.

— J'ai les jambes comme du bois. On va attendre un peu... répondit Idée.

Émile était assis à califourchon sur son cadre. Un peu plus réchauffé depuis qu'il avait avalé un thé sans oublier de grignoter trois morceaux de sucre.

— Bon, on y va ?

Léo Véron, directeur de Dilecta, trouvait le temps long et imaginait que les deux cent vingt-six kilomètres de l'étape allaient encore amener les hommes à Poitiers en toute fin d'après-midi. Était-ce bien raisonnable ? Seule la foule se rassasiait de l'attente. Elle prit fin.

Le peloton s'ébranla pour passer au-dessus la Sarthe, puis rejoindre la route d'Arnage. Il pleuvait par à-coups. Quand toute la caravane quitta l'agglomération mancelle, il plut à verse. Il n'en fallut pas davantage pour que la Peugeot 402 où se trouvait le patron de France-Sport tombe en panne après vingt kilomètres.

— Carbu bouché !

Jacques Oudart, dépanneur de circonstance et arrivé avec sa camionnette à hauteur du véhicule, était formel.

— Avec ce carburant, t'encrasses tout le bazar.

Le capot était ouvert, le chauffeur et Oudart plongeaient les mains dans le moteur. Deux passagers avaient enfoui leurs poings dans les poches de leur blouson. Il était urgent d'attendre que tout reparte. La moto de Dréan et le camion de Cressenssac les avaient doublés, l'autocar de la presse qui voulait coller à la course, également. Le peloton traçait devant. Tout droit. Comme la route.

À La Flèche, Louis Caput avait vingt secondes d'avance. Trente kilomètres plus loin, Émile Idée se détachait. Le peloton était un élastique où les plus hardis apparaissaient à intervalles réguliers en tête et disparaissaient soudain, avalés par la meute. Les crevaisons perçaient l'optimisme des meilleurs.

À l'entrée d'Angers, quand il s'agit de remonter les avenues pavées de la ville du roi René, tout le monde sursauta. Lucien Boda, l'équipier d'Idée, encore plus haut que les autres. C'était le premier soleil de la journée et le Picard resta allongé sur le trottoir. Hébété. Guidon cassé. Fernand arriva peu de temps après la chute et guetta le camion avec les vélos de dépannage. Dès qu'il s'arrêta, le mécano saisit un cadre argenté à l'arrière et le Picard repartit, poussé et applaudi. Comme les autres, il fila vers la rive droite, Saint-Mathurin et Saumur. Devant, Marcel Tiger, équipier de Dilecta, remontait le bord du fleuve, penché sur sa machine. À peine percevait-il, à chaque entrée d'une commune, la présence des contrôleurs de la FFC qui agitaient leur petit fanion rouge à l'attention des spectateurs.

Banino, en avance sur le peloton, s'en félicita. À la sortie de La Ménitré, repérant un jeune homme qui tenait le drapeau, il fit arrêter la voiture.

— Comment t'appelles-tu ?

— Jacques.

— Je te félicite, mon garçon. C'est grâce à toi et aux autres que cette course est un succès. C'est qui ton favori ?

— Louviot. Je l'ai vu gagner Paris-Nantes, l'année dernière.

Tiger passa sans lever la tête devant eux. Deux minutes plus tard, Louviot déboula à son tour, en tête du groupe de chasseurs, sans jeter un regard sur le côté. À moins de dix kilomètres de Saumur, le fugitif était repris.

Pierre Dréan, avec le photographe Roger Parry assis sur le siège passager de sa Terrot, roulait à l'avant du peloton quand il arriva à hauteur de la gare de Saumur. Le public se massait sur les trottoirs et indiquait naturellement la voie à suivre. La moto amorça un virage à droite, passa au-dessus des voies, puis l'entrée par le pont Napoléon vers l'île Millocheau et l'accès au pont Cessart qui conduisait à la rive sud de la Loire. Trois gendarmes agitaient des drapeaux jaunes. Le pont de pierre était carrossable mais, pour franchir ses dernières arches, il fallut faire un détour par une courte passerelle construite par les soldats allemands du génie en attendant l'ouverture prochaine de la chaussée. Le pont Cessart était le dernier chantier de la reconstruction de la cité après les combats de juin 1940.

Le motard breton s'arrêta et Parry sauta sur le quai pour photographier le passage des coureurs qui empruntaient la longue ligne droite à travers Saumur. Les spectateurs criaient, applaudissaient. Sur la petite place devant le théâtre, le bal des musettes tendues à la volée animait le seul ravitaillement de la journée. Au milieu de la foule, beaucoup de soldats allemands assistaient à la scène en riant. Un véhicule de troupe se joignit même à la procession et toute la caravane glissa ainsi jusqu'à la sortie de la commune. Il s'était remis à pleuvoir, on entrait dans le dernier tiers de la course.

Dréan oublia un instant la course. Troublé. En juin 1940, escortant les camions bâchés de sa section, il avait franchi en convoi de nuit ce même pont sur la Loire à Saumur, sans s'arrêter. L'armée française se repliait pour préparer sa contre-attaque. Il avait appris trois jours plus tard que les cadets de l'école de cavalerie s'y étaient sacrifiés avec d'autres bataillons pour retarder le passage de l'armée allemande. Aujourd'hui, il repassait par là, précédant en plein jour un convoi multicolore de garçons, peut-être forcés eux aussi à prendre la route mais salués par la foule. Un air de liesse qui donnait envie de s'arrêter. Deux ans seulement s'étaient écoulés... La petite tape de Parry sur l'épaule le ramena à la réalité.

— C'est bon, Pierre, on recolle. Vas-y !

Le photographe était remonté sur son siège, les coureurs filaient devant.

Depuis le départ du Mans, Lapébie maudissait son genou gauche douloureux. Avant Loudun, une crevaison finit par le mettre à plat. La chance l'abandonnait. Imperturbable dans la tempête la veille, et mis à pied maintenant à soixante kilomètres de l'arrivée. Les maillots verts d'Helyett roulaient à côté de lui dans le peloton quand il perça. Haro sur le leader ! La concurrence prenait le large. Lapébie répara sa chambre à air et laissa son pote Brambilla, qui l'accompagnait depuis le début, s'en aller. L'important était d'atteindre l'arrivée à son rythme. Il ne remonterait pas sur le podium.

Passé Mirebeau, à quelques dizaines de kilomètres de l'arrivée, la course se gonfla. Tour à tour, les coursiers montaient à la bagarre ou cédaient sur crevaison. Ils ne furent pas dix pour entrer dans Poitiers, descendre vers la gare et relancer vers la ville haute.

La dernière ligne droite sur le boulevard de Bordeaux fut une ascension émotionnelle tant le public débordait des trottoirs. Du bas de la côte, on frémit à la vue de cet entonnoir humain où se précipitèrent les échappés. Poitiers accueillait le Circuit comme le Vélodrome du Mans la veille. Passionnément.

— Ils sont hystériques. C'est incroyable !

Léo Véron suivait à distance les efforts de Frans Bonduel, son poulain, l'un des plus vieux du peloton. Le Belge s'arrachait mètre après mètre à ses six compagnons d'échappée. Sous un ciel plombé, les hommes se dandinaient, parfois frôlaient de l'épaule un spectateur trop proche. Le directeur sportif de Dilecta tapa du poing sur la tôle de sa portière. Cent mètres encore. Les cris, les klaxons. Bonduel passa la ligne, bras levés. D'un souffle, il finit au sommet après sept heures d'endurance devant Goutal, Tiéthard, Carini, Louviot, Goasmat et Level, aspirés dans le même élan. Des gamins couraient à côté du vainqueur en lui tapant le dos. Derrière, les battus zigzaguaient. Boudard épiait sa rangée de chronomètres sur la table de l'estrade allouée aux officiels. Banino, Leulliot et toute la presse se tenaient en bas sur la chaussée, bousculés par l'ambiance. Une heure et treize secondes plus tard, Maurice Kallert, comme la veille, boucla le classement de l'étape. La course n'avait perdu qu'un seul courageux : Lionel Talle, le routier de Génial Lucifer, épuisé par l'étape de la veille. Les plus rapides étaient déjà au repos sur la grande place devant la mairie poitevine. Bonduel, le vainqueur, et Louis Thiétard, le nouveau leader, furent conduits sur le balcon de l'immeuble de *L'Avenir de la Vienne*, saluant la foule qui avait accompagné le cortège jusqu'ici. Jour de fête.

— On a bien mérité une bière.

Cressenssac était assis en face, à la terrasse du grand café Robuchon sur la place. Deux autres chauffeurs l'avaient rejoint. L'air était doux. Aux tables voisines, des soldats allemands bavardaient, accompagnés de jeunes femmes.

Cressenssac avait laissé son Berliet dans la cour de l'École normale supérieure, juste derrière la mairie. Il était 18 h 30, le temps de boire une bière, ou deux.

Était-ce l'accalmie météo ou le début d'une routine ? La caravane se posa à Poitiers dans un calme relatif. Le choix de loger tout le monde dans un périmètre proche rassurait. Les journalistes s'installèrent dans un hôtel à proximité de la mairie. Les coureurs, les directeurs d'équipe et le personnel logeaient dans l'École normale supérieure. Le bâtiment, ceint d'une grille, avait une tout autre allure que le séminaire manceau. Il disposait de petits dortoirs, de chambres de quatre lits. Et de douches chaudes. Que demander de plus ?

Leulliot annonça qu'un banquet, offert par la mairie, attendait tout le monde à 20 heures dans le grand réfectoire.

Un dîner consistant. Copieux et chaud. La meilleure façon d'oublier la nuit au séminaire manceau même si le réveil était programmé à 5 heures le lendemain.

Dès la fin de l'étape, le major Kezer s'était échappé de la cohue où il s'était plongé en descendant de voiture. Accompagné de deux sous-officiers qui l'escortaient depuis Saumur, l'Allemand rejoignit le siège de la Kommandantur, rue Boncenne, à quelques centaines de mètres de la place où Bonduel et Lapébie saluaient la foule.

Un coup de talons sec du planton accueillit son arrivée. Kezer répondit d'un salut.

— Je voudrais voir l'*Oberleutnant* Pilsen.

— *Jawohl, Major !*

Kezer suivit le garde au premier étage et trouva la porte du bureau de Pilsen.

— Bonjour, Kezer ! Alors, une bonne balade ?

Pilsen souriait. Les deux hommes avaient la charge que toutes les formalités de passage de la ligne de démarcation soient aussi rapides que possible le lendemain matin au poste de Jardres.

— C'est un peu tendu chez nous, poursuivit l'*Oberleutnant* en pointant du doigt le plafond et l'étage supérieur de l'immeuble où se trouvaient les bureaux de la Gestapo. On a commencé à démanteler un réseau de Résistance dans le coin. La Gestapo mène les opérations depuis un mois et nous avons arrêté une vingtaine de personnes qui sont à la prison de la Pierre-Levée, ici à Poitiers. Avec la ligne de démarcation, toute la zone est sensible. Et il faut laisser passer la course aussi vite que possible. Quelle idée !

Kezer écoutait sans répondre. En accord avec le gouvernement français et les autorités allemandes, chaque participant au Circuit de France avait reçu une fiche d'identité avec sa photo. Il fallait la présenter aux contrôles de passage.

— On a choisi de laisser l'organisation de la course gérer ces papiers, dit Kezer.

— Vous êtes certain que c'est plus efficace ?

— On verra demain matin.

— Nous serons là pour vérifier, major. La Gestapo m'a demandé l'horaire. Elle enverra ses agents.

— Vous êtes allés voir l'arrivée de la course tout à l'heure ? demanda Kezer pour changer de sujet.

— On a d'autres priorités ici. Vous dînez avec nous, Kezer ?

L'idée de passer la soirée avec l'*Oberleutnant* ne l'inspirait pas. En plus, il inviterait sûrement des gens de la Gestapo.

— Je suis déjà engagé avec le patron de la course. Mais je reviens dormir ici. Et demain, on part très tôt.

Avant de quitter l'immeuble, Kezer jeta un regard sur les affiches collées au mur du long couloir. Des photos en noir et blanc d'hommes et de femmes. Sur un tableau, il était écrit : Jardres, Tercé, Valvidienne. Des noms de communes le long de la ligne de démarcation. Elle était tracée en rouge sur une carte murale, des petites croix noires avaient été dessinées dessus.

— Ce sont nos belles prises !

La voix de Pilsen surprit Kezer. L'officier était derrière lui.

— Avec eux, on tient presque tout le réseau de passeurs, dit-il, sans doute content du devoir accompli.

D'un doigt, le major suivit sur la carte le tracé de la course du lendemain matin. Il coupa la ligne. Tout droit. Kezer remit sa casquette et sortit.

À 19 heures, Dréan patientait en face du Café populaire. Il restait encore quelques passants dans la rue et des clients au comptoir. Le motard hésitait à entrer quand il l'aperçut. La jeune femme avec un foulard rouge dans les cheveux s'approcha en marchant à côté de son vélo. Dréan s'avança.

— Bonjour ! La route est belle d'Angers à Poitiers, murmura-t-il.

C'était le mot de passe.

— Poitiers mérite le détour, répondit celle qui se présenta sous le prénom de Maguy. Vous n'avez pas eu de soucis pour venir ?

— Avec la course, on nous laisse passer presque sans vérifier, la rassura Dréan.

— Non, je parle des Allemands en ville, ici. Depuis la rafle des Juifs en août, c'est beaucoup plus surveillé.

Ils entrèrent dans le café et s'assirent à une table. Pierre était intimidé. Depuis un an qu'il donnait « un coup de main » à des amis pour porter des petits colis, des messages, il se sentait de plus en plus concerné par ses missions. Celle qui l'emmenait dans le Circuit de France était la plus délicate qu'il ait connue. Il transportait dans sa sacoche de moto un sac avec des pièces d'identité vierges volées à l'Imprimerie nationale et devait les remettre aux membres d'un réseau poitevin dès son arrivée. Puis, il repartirait le lendemain avec ces vrais documents remplis de fausses identités pour des réfugiés passés en zone libre.

À Poitiers, les arrestations de familles juives mais aussi de réfugiés espagnols, de Tziganes s'étaient intensifiées. Ils étaient internés dans un camp à la sortie de la ville et la traque des polices allemande et française poussait de plus en plus à prendre tous les risques pour traverser vers la zone non occupée si proche.

— Depuis deux mois, le passage de la ligne est plus dangereux. Plusieurs personnes et des passeurs ont été arrêtés. On a besoin de fournir nos papiers aux gens de l'autre côté. Il nous fallait les documents les plus sûrs. On va les remplir dans notre imprimerie ce soir et je vous rends la besace demain matin avec tout dedans. Vous la porterez à Limoges. La course s'arrête au Secours national, on prendra contact avec vous là-bas.

Dréan n'osa pas poser de questions. Il avait déposé la sacoche de selle en cuir brun au pied de la table. Maguy s'en saisit.

— Ça ne sert à rien de traîner. Je vous retrouve au café du Petit Tour demain matin. C'est là que vous prenez le petit déjeuner, dit-elle.

Le rendez-vous n'avait pas duré dix minutes.

Dréan repartit, songeur, vers l'École normale. À peine entré, il entendit les conversations du réfectoire qui, cette fois, égayaient le dîner. On parlait fort. Les directeurs de course et les coureurs se restauraient côte à côte. Les élus poitevins et les officiels aussi. Il aperçut Maurice et les autres chauffeurs en bout de table.

— Viens là, Pierrot.

Cressenssac lui faisait un signe pressé de la main.

— Dépêche-toi. Il y a un pâté de lièvre ! Goûte-moi ça !
Il lui servit une large tranche. Dréan avait faim mais pensait à Maguy, la sacoche, la ligne de démarcation. Il n'allait pas facilement trouver le sommeil.

5

Voyage en zone libre

3e étape : Poitiers – Limoges – Clermont-Ferrand
Mercredi 30 septembre 1942

Le son avait soudain brisé le silence et le mugissement montait en puissance. Le déclenchement de la sirène, en pleine nuit, surprit Poitiers et les endormis. Il était 4 heures du matin, l'alerte glaça ceux qu'elle réveillait brutalement. Au bout de vingt secondes, une éternité, tout cessa. Dans les dortoirs et les chambres des étages de l'École normale supérieure, les plus hardis se levèrent pour aller à la fenêtre. Des aboiements se répondaient dans l'obscurité. Dehors, aucune lumière ne trahissait une alerte et la rue étroite, au-delà de la grille qui cernait la cour, restait déserte. Quelques coureurs s'assirent momentanément au bord du lit avant de se rendormir, sans chercher à comprendre l'origine de ce tintamarre. Il restait une heure avant le lever, elle fila à toute vitesse.

— Pierre, debout ! Faut se lever, debout.

Son compagnon de chambrée posa une main sur l'épaule de Dréan qui se réveillait en plein brouillard.

— Il est 5 heures. On part dans une heure.

Le bruit des pas qui envahissaient le couloir, les toussotements, les conversations étouffées, la lumière diffuse de la cage d'escalier, c'est la course qui reprenait vie en pleine nuit. Il fallait être prêt à 6 heures au rendez-vous donné dans le square attenant à l'école et sa grande chapelle. Figurant d'un ballet d'ombres, chacun se hâtait.

Les coureurs avancèrent en poussant leur vélo, de petits groupes vinrent à pied gonfler la troupe. Une douzaine de soldats allemands avaient encerclé la place en silence, des policiers aussi. Bientôt le petit square se transforma en place publique. Les véhicules avaient démarré leur moteur.

— On descend en cortège sur la route de Limoges, expliqua un commissaire, debout sur un muret. On passe devant la prison et quand on sera tous regroupés, dans cinq kilomètres, on s'arrête au café du Petit Tour. C'est là qu'on effectuera les contrôles de départ et on pourra prendre une collation.

Ils partaient le ventre vide pour deux cent quatre-vingt-trois kilomètres de Poitiers à Clermont-Ferrand. L'étape était divisée en deux tronçons avec une première arrivée à Limoges à la mi-journée après cent trois kilomètres, puis une seconde moitié de cent quatre-vingts kilomètres vers Clermont-Ferrand. Double ration, ça ne présageait rien de bon pour les quarante-cinq rescapés après les quatre nouveaux abandons enregistrés avant de se mettre en route. À 6 heures du matin, paupières lourdes, personne n'avait envie d'en parler.

Un peloton de corps engourdis se laissa descendre le long des rues jusqu'aux rives du Clain et fila dans l'obscurité vers la sortie de la ville. En tête de cette procession nocturne qui ne croisait personne, les phares des véhicules de la caravane illuminaient tant bien que mal la route, à défaut d'un éclairage public proscrit par le couvre-feu. Portant un pull en laine, une casquette parfois, une couverture et même un blouson, cette troupe cycliste hétéroclite pédalait prudemment. Le franchissement matinal de la ligne de démarcation au poste de Jardres, à vingt kilomètres, imposait toutes les précautions. En un quart d'heure, la caravane avait atteint Le Petit Tour et sa terrasse éteinte en bord de route. À l'intérieur, la salle était allumée. Machurey, sur les recommandations de la mairie poitevine, avait convaincu le propriétaire d'ouvrir pour les cyclistes. Sur deux grandes tables, chaque coureur signa sa feuille d'engagement. Sur d'autres, on pouvait trouver du thé chaud, des fruits, du pain, du pain d'épice, des tartines beurrées, du raisin.

Dréan rangea sa moto à l'entrée de la courette où stationnaient les autres véhicules. Il traversa la route où, déjà, quelques curieux matinaux s'agglutinaient. Maguy était au milieu d'eux. Il la rejoignit sans courir.

— Que s'est-il passé cette nuit ? dit-il tout de suite. La sirène, c'était quoi ? J'ai pensé que...

Elle l'interrompit.

— Une fausse alerte, sûrement.

Maguy n'avait pas l'air inquiète. Elle avait la sacoche brune à ses pieds.

— Tout est prêt, Pierre. À Limoges, deux personnes de chez nous, Januel et Boissière, vous attendront. Ils se présenteront comme des journalistes d'un quotidien de Clermont-Ferrand ou du Puy, je ne sais plus.

Maguy ne s'éternisa pas. Son vélo était adossé à une barrière. Elle attendait le lever du soleil pour repartir vers le centre-ville et prendre son service à l'hôpital. Elle retournerait chez elle à Mirebeau dans l'après-midi, si tout allait bien.

— Faites attention à vous.

Pierre avait attrapé la sacoche qu'il serrait contre lui. Il ne savait trop quoi dire.

— Soyez prudente.

— Vous aussi. Et bonne course. J'ai assisté à l'arrivée hier avec un ami, quelle ambiance ! Bonne route.

Elle fit aussitôt demi-tour. Pierre allait répondre : « À bientôt. » Il se retint et traversa la route.

Dans le café, peu à peu libéré de sa clientèle bruyante, Jean-Marie Goasmat s'activait dans un coin de la salle. Le Breton avait sorti un couteau de poche et raclait soigneusement la fine couche de beurre étalée sur une tranche de pain.

— Qu'est-ce que tu fais ? demanda François Neuville, intrigué.

Goasmat avait déjà récupéré une petite boule de beurre rance, grosse comme une prune.

— Ça ? Je le mets sur mon dérailleur. Y a pas mieux quand tu roules avec ce temps de chien. C'est plus efficace que n'importe quelle graisse. Je n'encrasse pas la chaîne et le dérailleur.

Les doigts pleins de beurre, le Breton sortit du bar et s'agenouilla à côté de son vélo. Appliqué, il massa délicatement sa mécanique avec tout ce qu'il avait pu récupérer. Après quelques instants, sa chaîne brillait, le dérailleur luisait et ses doigts étaient noirs et gras. Satisfait, il jeta un coup d'œil à son œuvre et se releva pour aller se laver les mains dans le petit cabinet de toilette à l'intérieur. Puis il retrouva sa musette posée sur la table pour, cette fois, sortir une petite boîte qu'il ouvrit.

— C'est du beurre salé. Il est de chez moi.

Et le Breton en étala précautionneusement sur son pain. Neuville n'avait pas bougé. Interloqué. Il avalait sa dernière tartine beurrée.

Dehors, le jour pointait à l'est, là où le peloton prenait la direction de Limoges. Dréan remit sa sacoche sur la moto et la boucla.

— Tu sais comment ça se passe, les contrôles de la ligne.

Dans son dos, la voix de Maurice Cressenssac le surprit.

— Tu crois qu'ils fouillent tout le chargement ? demanda le chauffeur.

— On m'a dit que la course était prioritaire. C'est pour ça qu'on passe très tôt, répondit le motard, pas plus averti que son interlocuteur.

— Ça t'inquiète ?

— Je transporte quelques affaires pour un cousin de Limoges. Je suis du coin. Alors s'ils fouillent tout, je ne voudrais pas avoir d'ennuis, mentit le chauffeur.

— Ils traquent surtout les gens qui veulent franchir la ligne. Nous ? Regarde, on est en règle et tout le monde veut nous voir passer.

Pierre désignait du doigt le peloton qui se mettait en marche. La bruine matinale assombrissait le tableau. Les deux hommes redémarrèrent.

Au bout de vingt kilomètres parcourus à faible allure, le baraquement en bois gris du poste allemand de Jardres apparut dans l'aurore, sur la gauche de la chaussée. Une fumée sortait de la cheminée. Une demi-douzaine de soldats étaient plantés devant. À droite, un command-car stationnait dans l'herbe. Deux chiens étaient assis devant le bâtiment. Dans l'autre sens, des piétons, une charrette à cheval, des cyclistes et une voiture, phares allumés, patientaient en file indienne. L'arrivée du peloton, précédé des voitures, promettait une belle pagaille.

Le major Kezer et Jean Leulliot pénétrèrent les premiers dans la grande pièce, suivis par les deux sous-officiers détachés de la Kommandantur de Poitiers, qui avaient effectué le trajet avec eux.

– *Guten Tag, Herr Major !*

Le chef de poste accueillit au garde-à-vous l'officier et la délégation.

— Nous avons tous les documents comme demandé, déclara Leulliot.

Les cyclistes avaient mis pied à terre. Les passagers des voitures aussi. Les journalistes avaient déserté l'autocar. Maurice Cressenssac, lui, n'avait pas quitté sa cabine. Il transpirait un peu. Il était 7 h 30.

À côté du baraquement, quatre civils observaient la scène. Quatre policiers de la Gestapo.

— Il y a eu des arrestations cette nuit, des gens qui ont été pris quand ils franchissaient la ligne, vers Tercé, je crois. C'est à trois kilomètres, expliqua Kezer à deux directeurs sportifs venus aux nouvelles.

Personne n'était à l'aise, tous tournaient en rond. Sauf les vélos, posés contre les camions.

— Vous croyez que l'on va attendre longtemps ? s'enquit Léo Veron.

— Ils contrôlent les cartes officielles. C'est la première fois qu'ils voient passer autant de monde, répondit le major.

Sortis du baraquement, Machurey et Leulliot apportèrent des nouvelles.

— Les soldats doivent vérifier chaque identité mais ça va aller vite. Ils ont les cartes et chacun se présente. Soyons disciplinés, prévint Machurey.

Et l'appel commença. Les coureurs furent les premiers cités. Des soldats les observaient, discutant entre eux. Les autorités allemandes s'étaient engagées, à Paris, à ce que le contrôle se déroule au plus vite. Mais, ici, à Jardres, on progressait à la vitesse locale.

Level, Bonduel, Goutal, Neuville, Lapébie, Idée, les ténors de la course, trouvèrent le temps long. Ils avaient troqué le pull en laine contre l'imper et s'étaient mis à l'abri dans les voitures. On s'y tassa en buvant du thé chaud qu'Oudart avait pris soin d'apporter dans des brocs.

— Il y a près de trois cents kilomètres pour aller à Clermont.

Le jeune Caput, vingt ans, s'exerçait au calcul pour masquer son impatience.

— Et tout le temps qu'on perd ici…

Deux coups de klaxon lui firent tourner la tête. Le Berliet de Cressenssac avançait au milieu de la cohue de piétons, suivi par les camionnettes et l'autocar de la presse. Un soldat le fit arrêter.

— On doit inspecter l'intérieur.

Le sous-officier était formel.

— Pouvez-vous ouvrir les portes de derrière ?

Jacques Oudart rejoignit aussitôt le véhicule.

— Oh, attendez, ce sont les vélos de dépannage. On ne sort rien du tout.

Le chef mécanicien tint la porte close.

— Il y a tout mon matériel là-dedans, rangé dans les caisses.

Günther Kezer arriva à son tour.

— Monsieur Oudart, vous avez la liste de ce matériel ? C'est juste pour vérifier. Ne vous inquiétez pas.

Cressenssac, dos à la portière, ne bougeait pas. Des journalistes s'étaient rapprochés. Des curieux aussi, venus en voisins du hameau de Jardres. La sentinelle, grimpée dans le bahut, repéra un tas de valises et des rangées de vélos. Un capharnaüm. Elle préféra ressortir rapidement. Tout était en ordre. Pas de passager clandestin. Cressenssac se sentit soudain léger. Les rillettes, les bocaux, les pommes de terre continueraient leur Tour de France. Lui aussi.

À ce rythme, le peloton et ses suiveurs mirent deux heures pour boucler leur passage. Il fallait maintenant descendre vers la Vienne et le bourg de Chauvigny pour rejoindre le départ officiel de la première demi-étape. Avec deux heures de retard sur l'horaire. Seule la pluie était en avance, comme toujours.

Avant de franchir le pont sur la Vienne à l'entrée de la commune, l'agitation des spectateurs disait leur impatience. Par centaines, les habitants s'étaient massés tôt au bord de la route et le long de la rivière. Le programme prévoyait un départ rapide vers Limoges mais il était impossible d'échapper à la foule. Les commissaires de course, premiers arrivés, se frayèrent difficilement un chemin jusqu'à une fantomatique ligne de départ.

— S'il vous plaît, reculez. Reculez !

Boudard, avec ses calepins et ses chronomètres, s'énervait. Les bénévoles de la Fédération se muaient en spectateurs. On perdit encore des minutes avant que le peloton puisse prendre de la vitesse et la direction de Limoges, le long de la Vienne. Le clocher sonna la demie de 9 heures. Le retard s'épaississait. Les nuages gris aussi.

Parcourir une centaine de kilomètres pour aller de Chauvigny à Limoges, c'était la promesse d'une demi-étape rapide. Elle l'était. Pierre Brambilla, grimpeur patenté des Mercier, démarra tout de suite pour montrer que tout le peloton était pressé. On était réveillé depuis plus de cinq heures et, de toute évidence, la journée s'annonçait très longue. Un dérailleur endommagé, une roue cassée, une pléthore de crevaisons et un état de la route qui se dégradait autant que la météo, la course en zone non occupée ressemblait fortement aux deux étapes courues avant.

Émile Idée, planqué dans le premier tiers du classement général et peu concerné par la bagarre pour une victoire jusque-là, s'était fait oublier. À moins d'une heure de l'arrivée, il força enfin l'allure. Dans sa roue, Georges Guillier, coureur de Mercier mais surtout son pote et partenaire de club au VC Levallois, était le complice idéal pour semer la concurrence. Quand ils entrèrent dans Limoges, sous une averse glacée, Idée et Guillier possédaient plus de quatre minutes d'avance sur les poursuivants. Entre deux rangées de spectateurs abrités sous les parapluies, les casquettes et les chapeaux, la fin de l'étape et la victoire étaient une affaire d'arrangement. En abordant la ligne droite du boulevard Gay-Lussac, tout fut décidé : la victoire pour Guillier, loyal compagnon d'échappée, et la première place au classement général pour Idée.

Trois heures de course suffirent pour clore la matinée. Il n'avait cessé de pleuvoir et les hommes, trempés, aspiraient à se mettre au sec. On écourta le protocole de la victoire d'étape, et toute la caravane trouva refuge dans les salles du Secours national.

À Limoges, le choix de la halte avait été préconisé par les autorités locales. L'endroit était sinistre dans cette rue en pente. Relancé par le gouvernement, le Secours national, placé sous l'autorité du maréchal Pétain, son président d'honneur, avait pour mission de gérer les appels à la générosité publique. Ainsi, il court-circuitait tous les organismes qui s'y consacraient avant l'Occupation. À Limoges, le centre accueillait des défavorisés et quelques réfugiés. L'endroit suintait la tristesse. Au rez-de-chaussée, on servait des repas et la décoration des lieux vantait les mérites de la révolution nationale. Dans le couloir d'entrée et aux murs des salles, les affiches patriotiques ne laissaient aucun doute. Le maréchal Pétain, en photo, veillait sur la France et ses enfants à grand renfort de slogans.

Peu de chance qu'il ait une pensée, à ce moment-là, pour ces coureurs fourbus invités malgré eux. Attablés, ils essayaient de se réchauffer. Les soigneurs s'étaient installés dans un dortoir et massaient les corps endoloris. Les directeurs sportifs apportaient des serviettes rêches et on se séchait. Les mécanos nettoyaient des vélos crasseux et l'exercice annonçait le départ prochain après le repas.

Pierre Dréan entra à son tour dans le bâtiment, cherchant ses contacts. Il poussa une porte, un homme dormait dans un dortoir rempli de lits superposés. Il la referma doucement et ressortit sur le trottoir.

— La route est longue jusqu'à Clermont-Ferrand.

L'homme devant lui avait prononcé la phrase attendue. Dréan le dévisagea. Grand, portant l'imper et la casquette, il enleva ses lunettes pour en sécher les verres.

— Je prends toujours des provisions pour la route, répondit le motard après avoir jeté un regard circulaire sur le trottoir.

C'était la réponse souhaitée.

— Vous n'avez pas eu de problème au passage de la ligne ? questionna Marius Januel.

Il était seul. Avec son allure de notaire provincial, il s'abritait sous un large parapluie. Roland Boissière l'attendait au volant de la voiture, un peu plus bas.

— Il y a eu des problèmes avec des passeurs cette nuit, paraît-il. Je craignais qu'ils renforcent les contrôles. Enfin, tout s'est bien passé...

Dans l'agitation de l'arrivée, Dréan, inquiet, regardait partout.

— Il n'y a pas d'Allemands ici mais faut se méfier de la police, poursuivit Januel.

Dréan lui donna le sac beige remis par Maguy.

— Il y a des tampons, des matrices de la banque de France, de l'Imprimerie nationale, des cartes d'identité vierges. J'ai déjà donné l'autre moitié à Maguy à Poitiers. Ils ont rempli beaucoup de cartes. Enfin, tout ce que vous avez demandé, m'a-t-elle dit.

— C'est parfait, répondit Januel. Je peux vous demander de porter cet autre paquet à Clermont ? Ce sont encore des documents d'identité. Je cherchais quelqu'un pour les acheminer, mais puisque vous êtes là. Il y a aussi de l'argent et des tickets de rationnement. Ça nous dépannerait si vous pouviez le faire. Je vais vous dire à qui remettre ça.

Dréan fit oui de la tête. Après avoir donné les infos, l'homme sourit et repartit à pied sans se presser.

Dans le réfectoire du Secours national, l'ambiance était maussade. La nouvelle de quatre abandons supplémentaires ne surprit personne. Kallert, lanterne rouge du peloton depuis le départ, en était. Il s'arrêtait là. Leulliot mobilisa l'assemblée.

— Cette double étape est un peu particulière, vous l'avez remarqué. Nous avons pris du retard à cause des formalités ce matin mais tout est mis en œuvre pour que nous rejoignions Clermont-Ferrand dans les meilleures conditions.

Pour ponctuer avec optimisme son propos, le ciel se dégagea. Il ne pleuvait plus et le déjeuner arrivait sur la table dans des grands plats. Du chaud. Enfin.

— On va rouler sous le soleil.

Ludovic Feuillet, le directeur sportif d'Alcyon, se réjouissait après le déjeuner. Son numéro un, Émile Idée, était désormais leader de la course et accompagné de sept équipiers. Le coureur du VC Levallois écoutait, distrait, en réglant ses cale-pieds, son dérailleur, comme d'habitude. Dans la rue devant le Secours national, sur un pavé sec, tout le monde reprenait de l'envie avec cette météo enfin clémente.

À l'intérieur, Marcel Tiger, équipier de Dilecta, s'agitait. Alors que tout le peloton s'affairait, Marcel était à l'arrêt. Passe les crevaisons, mais le bris de son dérailleur, c'était la casse de trop. Il attendait la camionnette d'Oudart pour se faire dépanner, elle tardait à venir. Leulliot battit le rappel pour activer le prochain départ. Il découvrit Tiger.

– Que fais-tu, Marcel ? On part dans dix minutes.

– J'ai pété le câble du dérailleur, je répare et je vous rejoins.

Assis sur les marches, il vit le peloton se mettre en route vers la grande esplanade du Champ-de-Juillet, près de la gare, pour s'élancer en direction de Clermont-Ferrand. Ils n'étaient plus que quarante et un en course.

À 14 h 30, avec près de deux heures de retard sur le programme, la caravane s'ébranla, applaudie par le public. Le chauffeur de l'autocar des journalistes, ralenti par les voitures suiveuses, klaxonnait pour rester au plus près de l'arrière du groupe de coureurs. Quelques reporters chanceux, profitant du soleil, avaient obtenu de suivre l'étape comme passagers d'une moto.

Bientôt, sur la place il ne resta que la voiture de Dilecta, l'équipe de Tiger, la moto de Dréan et le véhicule du directeur de course.

— Jean, il va falloir y aller, ils sont partis depuis un quart d'heure.

Le chauffeur de Leulliot s'impatientait.

Soudain, la camionnette d'Oudart déboula sur l'esplanade. Derrière lui, Marcel Tiger roulait tête baissée, les lunettes sur le crâne.

— C'est mort ?

Le cycliste s'était découragé en constatant que l'esplanade était presque déserte.

— Je suis maudit avec ce foutu dérailleur !

Tiger hésitait entre l'accablement et la colère. Il allait quitter la course sans combattre, sans panache. Il avait posé son vélo contre la camionnette et désespérait. À côté, Leulliot discutait avec les passagers de sa voiture. Encore une galère ! Le Circuit de France les multipliait aussi sûrement que les abandons. Il se retourna.

— Marcel, mets ton vélo dans la camionnette, on rattrape le peloton !

Personne ne bougeait. Leulliot saisit le cadre et le donna à Oudart. Puis il héla Dréan qui regardait la scène, incrédule.

— Prends-le sur ta moto, tu vas rattraper le camion. Vite, dépêche-toi !

Marcel Tiger n'avait pas encore réagi.

— Tu veux rejoindre la course ou pas ?

Leulliot avait décidé. L'équipier de la Dilecta s'installa sur le tan-sad de la Terrot et Dréan démarra, suivi par la Peugeot de la direction. La course était partie depuis une petite demi-heure. Les derniers spectateurs applaudirent à ce dernier rebondissement. Ravis.

Dréan avec sa veste en cuir et Tiger en maillot crème et pervenche, cuissard et chaussures noirs... l'équipage détonnait. Il ne fallut pas vingt minutes pour apercevoir le cul du gros Berliet qui se traînait dans une côte. La Peugeot le doubla et fit signe d'arrêter. Cinq minutes plus tard, accroché à la portière du véhicule, Marcel Tiger, à nouveau sur un vélo, réintégrait le peloton. Le dossard 20 était de retour. Comme si de rien n'était. Les commissaires qui avaient assisté, dans leur voiture, à cette scène, n'en revenaient pas. Tiger, lui, reprenait la course à toute vitesse, réchauffé par le premier soleil d'octobre.

Une fois les lignes droites des premières étapes disparues, désormais la route montait et descendait au gré du paysage. Un régime qui mettait à mal les voitures suiveuses. La première, celle de France-Sport, fit une pause, capot levé, après quarante kilomètres. La Renault d'Alcyon parcourut quatre-vingts kilomètres avant de s'essouffler à son tour, loin derrière Idée et les siens.

— C'est le carburateur qui est encrassé.

Le chauffeur se résignait à la réparation. Devant, les artificiers du peloton s'activaient. Une accélération, une crevaison, un retour en force, la course passait par toutes les sensations. Émile Idée, après cent kilomètres sous le soleil, était à la dérive. Assoiffé. Victime d'un coup de chaud au mauvais moment, il guettait sa voiture et ne voyait rien venir. Après Aubusson, la route s'évadait dans des vallons rapprochés, sans bistrot ni village. Un hameau et une fontaine auraient fait l'affaire. Rien. Le champion de France était à sec et son maillot tricolore lui brûlait les épaules. Quand enfin la Peugeot se pointa, il avait cédé du retard sur la tête de course.

— Mais vous étiez où, bon sang ? Je n'ai rien à boire.

Debout à côté de son vélo, il s'aspergea, but et se vida encore l'eau sur la tête. Il voulait s'arrêter là. Poussé par le soigneur, encouragé par son directeur, Idée céda aux injonctions, attendu par ses équipiers. Devant lui, un peloton fatigué et éparpillé s'essoufflait à l'assaut des premières rampes. Le pire était à venir.

Partie de Limoges avec deux heures de retard, l'étape devint une course contre la montre. À cinquante kilomètres de Clermont, la fin d'après-midi se laissa soudain déborder par les rafales de vent. Devant, Neuville, Goasmat, Louviot, Caput et Goutal formaient un quintet pour l'échappée finale et semblaient se moquer de la météo. Derrière, c'était du sauve-qui-peut et chaque kilomètre parcouru semblait ne mener nulle part.

— On va terminer en pleine nuit.

Boudard, le chef des commissaires, s'inquiétait en regardant le ciel. La route qui s'enfonçait entre les rangées de sapins était déjà avalée par une semi-obscurité. Il était 18 h 30. Le peloton devait s'envoyer l'ascension du col des Goules, la grosse difficulté du jour, avant de redescendre à fond vers le vélodrome de Clermont-Ferrand, le terme de cette étape dantesque.

À Pontaumur, à trente kilomètres du pied du col, Boudard alerta Leulliot :

— Ils ne combleront pas le retard. Qu'est-ce qu'on fait, Jean ?

Les deux hommes parlaient à côté de leur voiture quand Caput et les autres étaient passés devant eux, courbés par le vent. Le quintet de tête s'était désormais réduit à un trio après la crevaison de Louviot et le bris de dérailleur de Goutal. Il faisait de plus en plus sombre. Il était encore possible d'atteindre le sommet mais se lancer dans l'obscurité dans les lacets de la descente vers la capitale auvergnate relèverait de la catastrophe.

— On va les arrêter au hameau des Roches.

Leulliot avait regardé la carte du parcours.

— C'est au début du col, ça ira. Faites garer les camions et on descend tout le monde dans les voitures jusqu'au vélodrome. On donne la consigne à toutes les voitures. Les directeurs préviendront leurs coureurs.

Les commissaires et les chronométreurs avaient déjà rejoint Clermont-Ferrand ? On s'arrangerait.

La nouvelle se répandit. Les journalistes qui circulaient à l'arrière des motos avaient prévenu leurs confrères dans l'autocar. Il restait encore vingt kilomètres à parcourir pour les premiers et la lumière du jour s'évanouissait. Aux Roches, des dizaines d'adolescents venus du chantier de jeunesse voisin à Pontgibaud assuraient déjà l'ambiance. C'était leur dernière semaine de vacances et leurs cris trouaient le silence campagnard en attendant les coureurs. Les jeunes en culotte courte et tricot de peau avaient pris soin d'emporter une veste et une lanterne. Après le passage des coureurs, ils rentreraient au chantier à pied en s'éclairant.

Leulliot, arrivé aux Roches avec sa voiture de directeur de course, décida que la ligne d'arrivée serait fixée là, devant l'église. Improvisation totale. On demanda aux contrôleurs de la FFC présents d'assurer la sécurité. Un reporter de *La France socialiste* fut désigné chronométreur officiel, avec son cahier et un crayon, et les lanternes des ados furent allumées. On aurait dit un bal populaire.

Une petite foule se pressait maintenant dans le hameau peu habitué à tant d'animation. Léo Véron, le directeur des Dilecta, venu aux nouvelles en voiture, avait repéré le site puis fait demi-tour. Redescendu à hauteur de Louis Caput, qui bataillait à l'aveugle avec Neuville et Goasmat, il avait imaginé à la hâte une stratégie.

— Écoute-moi, Louis. Ils ont fixé une ligne d'arrivée en traversant un hameau plus loin. C'est mal éclairé. Je vais me poster un kilomètre avant. Je te ferai signe avec une feuille blanche. Quand tu me vois, tu lances ton sprint.

Vingt minutes plus tard, surgissant dans la pénombre, dans la lumière des phares, Caput aperçut effectivement son directeur et se rua à l'attaque. Le temps de réagir, Neuville et Goasmat le voyaient lever les bras devant eux. Louviot et Guillier suivirent. Plus bas, d'autres silhouettes se dandinaient encore dans les premiers lacets du col, accompagnées par la lumière des voitures suiveuses.

Émile Idée, entouré par Van Overloop et Caffi, ses sauveurs du jour, fut le dernier à poser un pied à terre après la ligne d'arrivée invisible. Trente-deuxième et dernier de l'étape. Fourbu. En colère.

— Ça devient n'importe quoi, votre course. Maintenant, on roule de nuit... Pfff...

Le champion de France posa son vélo contre un arbre et s'assit. Les lanternes éclairaient un tableau picaresque. Des faisceaux de torches électriques zigzaguaient sur les trottoirs. Là on rangeait les vélos dans les camions, ici les coureurs allaient s'asseoir à l'arrière des voitures. Le Circuit de France s'éteignait.

— André, t'as bien noté les écarts ?

Léo Véron posa la main sur l'épaule du journaliste chronométreur. Un rôle dévolu pour la circonstance à André Leducq, l'ancien coureur et éditorialiste pour *La France socialiste*. Caput avait gagné l'étape, c'était sûr, mais le directeur sportif de Dilecta calculait mentalement l'écart au classement général avec Neuville, le leader.

— Tout le monde est là ? On peut vérifier ?

Une voix répéta le message, couverte par le bruit des moteurs. Cette fois, il faisait nuit noire. En un quart d'heure, tout le cirque débarrassa la route et les Roches. On apercevait les phares comme des éclairs qui illuminaient la route par à-coups vers le sommet. Bientôt on ne vit plus rien. La caravane bascula vers Clermont-Ferrand.

Au vélodrome, les péripéties de l'ascension ratée avaient enfiévré l'attente. Plusieurs centaines de personnes espéraient le peloton dès 17 heures. L'annonce faite par Boudard à son arrivée ne changea rien, le public auvergnat restait là. Assis en tribune ou accoudé à la balustrade, chacun commentait ce qu'il ne voyait pas.

À la table des commissaires et des chronométreurs, Machurey, Boudard et ses sbires échangeaient. Pierre Dréan venait d'arriver dare-dare du col des Goules.

— On a récupéré tout le monde. Ils descendent en convoi.

À 22 heures, la caravane apparut dans le vélodrome, accompagnée par les cris de la foule. Enfin. On ressortit les coureurs et les vélos, le podium et la sono, les questions et les micros. Clermont-Ferrand méritait son arrivée.

Quand le peloton fatigué s'éclipsa vers ses hébergements, dix-sept heures après son réveil à Poitiers, le Circuit de France n'était pas couché. Jean Leulliot, encore moins.

Le directeur de la course avait essuyé le coup de gueule d'Idée, les critiques des coureurs, celles plus acerbes encore d'une partie de la presse, qui parlaient de fiasco. Tout s'emmêlait.

— Après une telle journée, on ne peut pas repartir demain matin pour Saint-Étienne et se taper deux cent soixante-dix kilomètres ! On va finir à dix. C'est ce que vous voulez ?

Maurice Évrard, le patron de Génial Lucifer, ouvrait le bal. Les autres directeurs l'appuyèrent. À minuit, on discutait toujours dans le vestiaire du vélodrome déserté depuis longtemps, à l'exception des mécanos toujours affairés.

Le début de nuit finit par porter conseil. Les commissaires, les directeurs, les contrôleurs, bref, tout ce qui présentait un statut d'officiel avait donné son avis. Leulliot trancha :

— On va éviter les trois premiers cols demain.

Aussi vite que les sandwiches avaient été avalés un peu plus tôt, l'étape venait d'être raccourcie de soixante-dix kilomètres et quelques difficultés.

— On retrouvera la route prévue à Ambert. Dites aux équipes que l'on retarde le départ. Ce sera 11 h 30.

Leulliot s'assit. Machurey aussi. La salle se vida et les conversations s'éloignèrent.

— On a sauvé la course.

Leulliot s'était ressaisi.

— Si vous le dites...

Machurey regarda sa montre. Il était minuit et demi.

— On est debout depuis près de 20 heures. Allez, je vais me coucher.

6

Le grand pardon

4e étape : Clermont-Ferrand – Saint-Étienne
Jeudi 1er octobre 1942

La paire de cheminots avançait sur le quai. L'un portait un burin à fendre, l'autre, deux chasse-goupilles ; ils parlaient en se dirigeant vers le bâtiment du dépôt. À cette heure matinale, le trafic ferroviaire n'avait pas repris et la gare de Clermont-Ferrand ronronnait. Dans la salle des pas perdus, trois voyageurs patientaient sur des bancs, des valises à leurs pieds. Le train pour Nîmes était annoncé à 10 h 15. Celui à destination de Paris, à 10 h 40. Les quais étaient déserts, des chats sautillaient entre les voies et, le long du quai de marchandises, six wagons-lits s'alignaient. À l'arrêt. Au printemps 1940, devant l'avancée des troupes allemandes, la SNCF avait choisi de préserver son matériel roulant en allant le parquer dans des gares provinciales de la moitié sud du pays. La plupart des voitures y étaient restées. Depuis, en raison de la restriction du trafic ou des interdictions de circuler la nuit, les wagons ne bougeaient plus. À Clermont-Ferrand, ils servaient occasionnellement de dortoirs de fortune. Coureurs et suiveurs du Circuit de

France s'étaient assoupis là au milieu de la nuit, achevés par une journée marathon et trop de fatigue pour s'interroger sur le choix d'un tel lieu. Le reste de la caravane était hébergé à la résidence universitaire clermontoise, proche de la gare, et dans quelques hôtels. Les plus chanceux avaient trouvé le sommeil avant minuit. Les plus agités, après l'issue rocambolesque de l'étape et ses ultimes rebondissements nocturnes, ne s'étaient pas endormis avant 2 heures.

Les deux cheminots entamaient à pas lents leur journée de travail. Près du convoi immobilisé, ils dévisagèrent les voyageurs descendus sur le quai. Certains portaient un manteau, d'autres, une grosse veste en laine. Beaucoup étaient en cuissard de cycliste. Ils avaient passé la nuit dans les compartiments.

— Bien dormi ?

Régis Sabroni avait sorti sa mallette et ses pommades. Le soigneur s'adressa aux mécanos qui bâillaient sur le quai, allumant leur première cigarette de la journée.

— J'aurais dormi sur le comptoir du buffet de la gare, osa Fernand. Quelle journée de galère ! Je crois que les gars sont rincés. Avez-vous entendu hier soir que l'étape aujourd'hui était raccourcie ? Leulliot et les gars de l'organisation en parlaient vers minuit quand on a quitté le vélodrome, ça gueulait. Je ne sais pas ce qui a été décidé.

À 8 heures, le mécano n'était pas le seul à être descendu d'un wagon. Répartis dans les compartiments, tous s'essayaient au réveil en s'étirant sur le quai, bras levés. La première bonne nouvelle de la journée : la météo. Un grand soleil coiffait la marquise de la gare.

Les passagers du train descendaient maintenant de plus en plus nombreux sur le quai. Les conversations avaient fini par décider les derniers dormeurs à quitter leur compartiment. Henri Boudard, accompagné de responsables d'équipes, se pointa.

— Bonjour, messieurs. J'espère que vous avez pu récupérer de cette grande étape. Bon, ce matin, il y a du soleil, tout va mieux.

Le commissaire aimait à afficher un optimisme débonnaire. Ça ne présageait jamais rien de bon chez un homme qui maniait le règlement et son application comme un scalpel. D'un coup sec.

— C'est comme ça, et pas autrement, répétait-il souvent.

La devise guidait sa carrière de commissaire de course comme sa fonction d'huissier dans le civil. Il tricotait l'histoire du cyclisme, il en était persuadé, avec un fascicule du règlement dans la poche. Devant lui, bras croisés, des coureurs, des mécanos et des soigneurs l'écoutaient. Au même instant, à la cité universitaire, Jean Leulliot tenait un discours semblable.

— Hier soir, après l'arrivée de tout le peloton au vélodrome et quand il a été constaté qu'aucun coureur ne manquait, la direction de course s'est réunie avec les commissaires de la Fédération…

Boudard prit un ton solennel en regardant son auditoire.

— Vous avez été prévenus que le départ prévu ce matin à 9 heures était reporté à 11. Il a été également décidé de modifier le début de l'étape. Le parcours n'empruntera pas les cols de la Moreno, de Dyane et des Fourches.

Passant de deux cent soixante-quatorze à deux cent quatre kilomètres, la « grande étape de montagne » promise depuis des semaines venait de rapetisser.

— Le départ aura lieu finalement à 11 h 30. Je vous donne rendez-vous à partir de 10 heures place de Jaude pour les opérations de contrôle. C'est à cinq minutes d'ici.

Boudard avait fait court et évita de donner des détails sur les réunions nocturnes. Il ne s'éternisa pas et les discussions furent lancées sur le quai.

Ce matin-là, Ludovic Feuillet avait une préoccupation : regonfler le moral d'Émile Idée, au bord de l'abandon la veille au soir. Il lui présenta la modification de parcours comme on offre une sucrerie.

— Dommage, j'aurais pu me refaire.

Émile surprenait toujours. La veille, à l'arrivée, il parlait d'arrêter. Ce matin, il regrettait que l'on ait amputé la course de plusieurs ascensions où il se serait régalé. Feuillet, rassuré, repartit vers la cité universitaire où Leulliot convoquait les chefs d'équipe. Dès son entrée dans le hall, il entendit des éclats de voix.

— Vous n'aviez pas à prendre seul cette décision. Cela relève de la compétence de la Fédération. C'est inadmissible.

Dans une salle de cours au premier étage, Henri Boudard, rentré de la gare, parlait à haute voix, écouté et entouré par une demi-douzaine de commissaires de course, mais également par Jean Leulliot, César Banino, le président de la Fédération, Maurice Machurey, le chronométreur officiel, et Léo Véron, le directeur sportif de l'équipe Dilecta.

— Henri, écoutez-moi !

Leulliot tenta l'impossible : justifier le retour de Marcel Tiger dans la course. Dans la confusion de l'arrivée, le cas Tiger n'avait pu être abordé mais, ce matin-là, Boudard et les siens passaient à l'action.

— Nous ne l'avons pas classé hier. Et il ne prendra pas le départ ce matin. C'est clair ! Pour nous, il est mis hors course. C'est le règlement. C'est comme ça et pas autrement. Toutefois, comme l'autorisation de courir et de reprendre la route lui a été indûment donnée par l'organisation, nous considérons que la faute n'est pas de son fait et donc il ne sera pas sanctionné ni suspendu par la Fédération.

Le verdict prononcé par Boudard était sans appel.

— Je n'ai jamais vu ça. Mais qu'est-ce qui vous a pris d'agir ainsi, Leulliot ?

À l'écart, spectateur, Léo Véron se taisait. Que dire, d'ailleurs ? Son coureur, convaincu de repartir de Limoges, avait terminé l'étape en assez bonne forme mais ça ne rimait à rien. S'il avait pu se mêler à la bagarre dans la dernière ascension, c'eût été l'émeute garantie. Véron n'écouta pas Leulliot reprendre la parole et sortit. Il fallait confirmer à Marcel que son Circuit s'arrêtait là.

— Il n'y avait pas de volonté de tricher, argumenta Leulliot. Marcel Tiger voulait repartir, il a eu un problème mécanique, mais avec un tel retard, c'était le seul moyen de le remettre en course.

Plaider ne servait à rien. Le directeur de la course avait déjà mesuré combien son coup de folie, la veille, et l'arrivée rocambolesque à Clermont-Ferrand avaient un peu plus entamé son crédit et celui de la course. Des coureurs l'avaient pris à partie. Des journalistes l'avaient menacé. À l'entame du quatrième jour, le Circuit de France était toujours une course à obstacles.

Pierre Dréan avait d'autres soucis. Réveillé, il repensait à son rendez-vous manqué de la veille. Comme prévu, à son arrivée à Clermont-Ferrand, il aurait dû retrouver son contact au vélodrome, un individu avec une casquette et un grand parapluie verts. Francis Rossignol. Dans la semi-obscurité de cette fin d'étape, en pleine pagaille, finalement Pierre n'avait croisé personne, même au parc des véhicules de course. Il était rentré à la cité universitaire. Inquiet. À Limoges, il avait noté le nom du contact et pris soin d'enregistrer l'adresse d'un presbytère où il pourrait se présenter, au cas où…

Ce matin, donc, Dréan décida de se rendre à côté de la basilique Notre-Dame-du-Port. Il en avait eu la tentation la veille mais circuler en pleine nuit, c'était prendre trop de risques avec sa sacoche et son contenu. Dix minutes plus tard, son arrivée surprit le père Bénard qui avait ouvert prudemment la porte de la cure. C'était un petit curé, le cheveu blanc en brosse, la voix chevrotante et deux yeux bleus qui vous fixaient.

— Je suis Pierre Dréan. J'arrive de Limoges avec les documents pour Rossignol.

Dréan expliqua les raisons de sa visite et le rendez-vous manqué la veille.

— Je peux prendre contact avec Rossignol et il passera vous voir plus tard. Vous logez où ?

L'abbé ne l'avait pas laissé entrer et confessait son visiteur sur ses intentions.

— Je repars dans une heure. C'est pas possible. Je peux vous laisser le sac ?

Le prêtre réfléchit et invita Dréan à s'avancer dans le couloir de la maison.

— On doit faire attention, s'excusa-t-il. La police et les services secrets allemands sont très présents à Clermont. Je vais faire passer votre sac.

Il l'ouvrit.

— Des papiers d'identité, des billets, c'est une bonne chose. Vous voulez un café ? J'ai de la chicorée...

Dréan ne refusa pas. Ils échangèrent un peu. Le père Bénard, peu au fait du cyclisme, connaissait pourtant un coureur : René Vietto.

— Il ne participe pas à la course, indiqua Dréan.

L'atmosphère était plus détendue. Il se sentait débarrassé d'un poids, sans doute gagné par le frisson d'avoir été utile. On sonna.

— C'est Mme Renaudier, la bonne, rassura le curé.

Le motard vida sa tasse et, après avoir remercié son hôte, repartit. Il allait faire le plein de sa moto.

En se garant devant la cité universitaire, il vit arriver un véhicule de l'armée allemande et une voiture dont sortirent rapidement trois civils. Le major Kezer les accompagnait.

— Quelqu'un a-t-il vu M. Leulliot ? demanda l'officier.

— Je crois qu'il est en réunion au premier étage, dit un homme dans le hall.

Le motard s'était figé. À la limite de la panique. Il n'avait pas été suivi en quittant le presbytère, il en était persuadé. À l'étage, Kezer rejoignit Leulliot et tous les officiels qui en finissaient avec leur réunion.

— Leulliot, je peux vous parler ?

Le directeur de course s'efforçait de sourire et sortit de la pièce avec le major.

— Un problème, Günther ?

— C'est la pagaille, comme on dit en français. Vous êtes en zone non occupée maintenant mais votre course accumule les problèmes, non ? Le passage de la ligne a été un foutoir. On a arrêté deux voitures avec des gens qui prétendaient faire partie de la course, une demi-heure après votre passage. Ça veut dire quoi ? Ils avaient de faux papiers et ont été arrêtés. On doit préparer la prochaine traversée samedi. On se verra pour ça à Saint-Étienne.

Leulliot ignorait tout de l'incident et le dit à l'officier, jurant de sa bonne foi. Il ne raccompagna pas Kezer qui avait fait demi-tour. Il ne manquerait plus que des accrédités du Circuit se servent de la course à des fins personnelles… Il choisit de filer directement vers la place de Jaude pour retrouver les autres.

Le peloton, réduit à trente-quatre coureurs désormais, s'y regroupait progressivement, entouré par une foule ignorante des règlements de comptes en coulisses. Elle voulait juste partager l'ambiance du départ. Même le grand Tour de France n'était jamais parti de la cité auvergnate.

Dans un angle de la place, Jacques Oudart faisait la gueule ouvertement et personne n'osait s'approcher de lui et ses hommes. Ils s'affairaient sur les cadres, réparaient. À cause de l'arrivée nocturne et de l'éparpillement des logements, le travail avait pris du retard. Oudart ronchonnait, replaçait sans cesse ses lunettes sur l'arête de son nez et jetait un coup d'œil mauvais à ceux qui s'approchaient.

Les coureurs avaient rejoint la place et émargeaient les feuilles d'engagement. Au milieu de l'attroupement, Francis Tafani, reporter du *Petit Provençal*, aperçut Leulliot.

— Monsieur Leulliot, monsieur Leulliot !

Marchant rapidement vers lui, il lui adressa de loin sa question, à haute voix, de peur que son confrère parisien s'échappe. Celui-ci s'était arrêté et le dévisageait.

— Monsieur Leulliot, une course qui est arrêtée par la nuit hier, Tiger qui rejoint le peloton à moto et aujourd'hui l'étape raccourcie, ça fait beaucoup. Votre Circuit est-il encore crédible ?

La phrase et le ton pour le dire avaient fait mouche. Leulliot se raidit. C'était la critique de trop après toutes celles lues dès le départ de Paris, la menace de Kezer, le ras-le-bol des coureurs, la fronde des commissaires...

— Depuis le début, vous nous attaquez. Vous et les autres, vous nous critiquez, mais on avance et ça vous emmerde ! Vous êtes un petit journaliste et un grand crétin.

Tafani bondit, vexé. Et quelques autres reporters avec lui. Les commentaires de la presse après trois jours et autant d'étapes galères allaient crescendo. Il fallait que l'orage éclate. *La France socialiste* et *L'Effort* louaient quotidiennement, avec zèle, le courage des champions. La majorité des envoyés spéciaux traquaient, avec autant d'énergie, les failles et les erreurs de l'organisation. Dans son article du jour, Jean Garnault, un des envoyés spéciaux de *L'Auto*, avait lui aussi rappelé à l'ordre Leulliot et son organisation après la mascarade de la veille. Garnault était tout près de Tafani quand l'échange prit feu. Après les paroles, les gestes. Il fallut retenir Leulliot qui s'avançait, énervé, vers ses critiques. Tafani se pointait également, aussi remonté. Il fut alors surpris par un coup de poing donné sur sa nuque. Sa casquette tomba, le gaillard provençal vacilla et évita la chute de justesse, retenu par un confrère. Noël Brisseau avait frappé.

— T'es un con, Tafani !

Brisseau éructait. Plus petit que son adversaire, le Parisien restait pourtant à distance.

— Tu me tapes dans le dos, toi ? T'es qu'une merde de collabo !

Tafani s'était redressé et il fallut le ceinturer. L'incident avait généré l'attroupement. Brisseau, comme un roquet, refluait dans un coin et aboyait encore. Tafani et quelques confrères étaient maintenus à distance par d'autres. Leulliot prit la parole pour prévenir la bagarre imminente :

— Arrêtez ! Arrêtez ! On doit tous se calmer. S'il y a eu des erreurs, elles sont déjà corrigées. Personne n'est obligé de rester pour suivre la course. Nous partons pour Saint-Étienne et ce Circuit de France, que ça plaise ou pas. Moi, je vois qu'il y a la foule partout pour encourager et des coureurs qui donnent le meilleur sur la route.

Il avait retrouvé des accents mobilisateurs. À défaut d'apaiser les rancœurs, l'éruption s'éloigna et la place de Jaude retrouva son humeur festive dans les préparatifs du départ. Brisseau suivit Leulliot. Tafani le suivit des yeux. Et l'incident n'eut pas de suite.

À 11 h 30, le peloton put prendre le départ et s'attaquer à la quatrième étape de son périple. Tous avaient été prévenus que l'on retrouverait l'itinéraire prévu à partir d'Ambert.

La décision avait assombri l'humeur d'Amédée Cheudorge, le responsable départemental de la Fédération. Comme ses collègues des départements précédemment traversés, il avait eu pour mission de baliser la route pour les coureurs. Une pancarte au carrefour, un fanion sur la porte, une flèche plantée au pied du calvaire, les bénévoles avaient assuré le fléchage la veille jusqu'à Ambert. En rayant les soixante-dix kilomètres sur la carte, Leulliot avait fâché Cheudorge.

— Qu'il ne vienne plus me demander quelque chose, râla l'Auvergnat. Déjà, hier, dans les Goules, sans nous, c'était la catastrophe...

Amédée ne salua pas Leulliot quand il monta dans sa voiture décapotée pour lancer le peloton.

En quittant la place de Jaude pour prendre le départ rue Lamartine et la route de Thiers, Émile Idée portait à nouveau son maillot tricolore, comme un défi. Le champion de France, le buste moulé dans son tricot bleu, blanc, rouge, paraissait porté par une foi nouvelle. Il ne lui restait plus que cinq équipiers autour de lui mais la perspective d'aller se bagarrer dans les cols avec François Neuville, le leader, ou Louis Caput, le vainqueur de Clermont, disait autre chose.

Neuville n'avait pas pu récupérer la tunique du zèbre. Retirée de la course depuis le départ du Mans, on l'avait, cette fois, égarée dans les bagages.

— C'est un comble, quand même. Mais qui s'occupe de quoi dans cette course ? On ne peut pas chercher dans trois valises ?

Trialoux, le boss des vert et beige, avait donné de la voix avant le départ. Le tricot de leader que son champion belge ne pourrait pas porter était pourtant le cadet de ses soucis. Mais Trialoux aimait montrer qu'il commandait. Assis dans sa voiture, il regarda de loin le peloton s'enfuir vers les premières rampes des monts d'Auvergne. Trialoux et les Helyett avaient un plan, personne n'en doutait. Deux motos accompagnaient leur voiture, chacune avec un journaliste comme passager pour mieux saisir le moment où Neuville attaquerait. Sur la place de Jaude, le coureur de Liège avait répété qu'il regrettait la suppression des trois premiers cols. Le quatrième au programme était celui de Chansert, une épreuve tortueuse à l'assaut des monts du Forez. « Un piège à boyaux », avait prévenu Oudart avant le départ.

Le revêtement n'était pas un boulevard mais, s'il fallait slalomer entre quelques trous, rouler sur les brindilles, c'était tout sauf un chemin de croix. Toute la caravane décida de se lancer à l'assaut du col derrière les coursiers. Toute ou presque. Les voitures, les motos, les camionnettes et l'autocar de la presse voulaient rester au contact. Le Berliet de Cressenssac et l'autre camion, après avoir soufflé dans les petites bosses jusqu'à Ambert, choisirent de s'éviter la difficulté en la contournant. Sage décision. Dès les premiers lacets, une voiture de la course fumait en bord de route, entourée par des spectateurs bienveillants qui avaient entouré le véhicule et ses occupants. La boîte de vitesses de l'autocar de la presse ronflait bruyamment à chaque virage. Il fallait aller là-haut dans la montagne le plus vite possible.

Pierre Dréan roulait à faible allure pour suivre les hommes de tête.

— Reste dans la roue de Neuville. On ne va pas le lâcher, lui glissa à l'oreille le photographe embarqué.

Avant le sommet de Chansert, à la sortie d'un large virage bordé de sapins, Pierre Brambilla s'échappa et laissa ses adversaires disserter sur la tactique. Thiétard, Caput, Neuville, Van de Weghe s'épiaient. Goasmat s'accrochait. Le Breton était arrivé là à bout de forces et ce n'est pas lui qui ferait l'effort. Il se maudissait. Il payait sa sortie nocturne avec Louviot et Guillier, ses équipiers. À peine installé la veille dans son compartiment, le trio était reparti chez un ami du coureur morbihannais pour dîner. C'était aussi l'occasion de se restaurer convenablement et d'arroser la victoire de Guillier à Limoges. Les estomacs n'avaient pas supporté. Goasmat digérait mal ses efforts et ses excès. Ses compagnons d'échappée nocturne, tenaillés par des crampes, souffraient autant à l'arrière. Au sommet, des spectateurs tendaient des bidons d'eau. Derrière, les plus fatigués avaient opté pour une halte improvisée près d'une source. On vit quelques coureurs y tremper les chaussures. Au frais. Des voitures suiveuses laissèrent leurs occupants faire de même. Le Circuit de France craignait le coup de chaud en début d'après-midi.

Sitôt le col de Chansert descendu, Brambilla avait enchaîné avec la montée du col du Béal, plus haut, plus long. Plus vite. La deuxième et dernière difficulté ne parut guère plus difficile que ses ascensions alpines autour d'Annecy, chez lui, dans ses sorties d'entraînement. La concurrence s'arrangeait avec les inévitables crevaisons et les pépins mécaniques. Oudart se disait qu'il avait eu raison d'emmener sa camionnette sur les pentes tant il intervenait. Le soleil et la poussière lui rappelaient les grandes courses d'été d'avant guerre. Avec la même excitation quand il s'agissait d'effectuer les bons gestes pour dépanner.

Avec le sentiment du devoir accompli et la prudence pour dégringoler vers la plaine du Forez et l'arrivée à Saint-Étienne, Brambilla trouva plus sage de laisser revenir Thiétard et Neuville qui, par miracle, avaient évité les crevaisons fatales. Il restait moins de quatre-vingts kilomètres à parcourir. Ce fut une ligne droite engloutie à toute vitesse, une fois le ravitaillement de Montbrison dépassé.

Neuville et Thiétard donnaient la cadence, Brambilla suivait. Le trio, avec un vent favorable, semblait comme happé par cette route rectiligne, tracée entre les monts du Lyonnais à gauche et ceux du Forez à droite. Et, devant lui, Brambilla fixait les dos de Neuville et Thiétard.

À l'approche du vélodrome de l'Étivallière, à l'entrée de Saint-Étienne, la foule débordait déjà sur les trottoirs. La voiture de la Génial Lucifer de Thiétard et celle d'Helyett de Neuville soulevaient de la poussière en filant le train aux échappés. Bruits de klaxon, cris de la foule, avec le soleil cette fin d'étape rappelait le Tour.

Dans le vélodrome, déjà à pied d'œuvre, les journalistes et les commissaires guettaient l'entrée dans le virage à droite. La piste en terre battue de l'Étivallière était assez plate mais longue. Cinq cent huit mètres pour en faire le tour et boucler un sprint. Thiétard devinait le piège et avait choisi d'entrer en tête dans l'arène. On vit son maillot grenat en premier, et on aperçut aussitôt sa roue arrière qui chassait. Le vélo glissa dans un petit nuage poussiéreux. Thiétard se rattrapa en équilibriste. Il remit aussitôt du braquet mais Neuville profita de l'écart fatal. Le Belge conserva son avance dans la ligne droite opposée. Le public stéphanois réserva une belle ovation au vainqueur de l'étape, leader du classement général, mais les encouragements redoublèrent six minutes plus tard quand le maillot tricolore apparut à l'entrée de la piste. Émile était dans le premier peloton de poursuivants qui s'était épuisé en vain à rejoindre le trio de tête.

Émile Mercier, le patron de la manufacture de cycles stéphanoise, s'était déplacé en personne à l'Étivallière pour suivre l'arrivée de ses hommes. Plusieurs dizaines d'employés étaient également autour de la main courante. À la vue de Brambilla embarqué dans le sprint final, tous avaient cru au miracle. Le coureur d'Annecy terminait troisième. Heureux.

— C'est le meilleur grimpeur du Circuit, lança Michel Pierrard en levant le bras du Savoyard qui s'était pointé en tête de tous les cols de la journée.

Émile Mercier était accouru, entouré par les représentants de la Fédération, la presse. La course arrivait à Saint-Étienne, capitale française du cycle. Chez Émile Mercier. Respect.

Sur la plus haute marche du podium, Neuville fut surpris. On lui tendait enfin le maillot zébré, noir et blanc, réapparu on ne sait comment. Personne ne posa de questions. Le coureur de Liège passa la tunique. Cette fois, il dominait vraiment tout le monde.

Le reporter de Radio-Bruxelles se rapprocha de son compatriote. Comme à chaque fin d'étape, il se démultipliait pour obtenir les interviews, écrire son papier qu'il lirait à l'antenne. L'administration des PTT s'était engagée à assurer quotidiennement les liaisons téléphoniques et radiophoniques pour les envoyés spéciaux sur le Circuit de France. Il avait fallu attendre l'accord tardif, signé par Robert Gibrat, le secrétaire d'État aux Transports et aux Télécommunications, pour que la course puisse bénéficier de ce support technique. Les équipes locales avaient été mobilisées et Baptiste Marchand, cadre du ministère, accompagnait le Circuit au jour le jour. Il supervisait l'installation, conseillait. Marchand avait déjà éprouvé ses compétences sur le Tour de France. Il connaissait les petits arrangements et les grands coups de gueule de l'exercice.

— Tout est en place près de la camionnette grise, là-bas.

Le technicien époussetait sa veste recouverte d'une fine pellicule grise quand le radioreporter bruxellois était venu lui demander où se trouvait l'opérateur dans le vélodrome de l'Étivallière. À chaque arrivée, le même scénario se répétait, c'était la course pour transmettre un papier, obtenir une ligne de téléphone. La veille, à Clermont-Ferrand, l'exercice avait tourné à la crise de nerfs. Le lendemain, c'était jour de repos. Marchand avait noté la date. Chaque journaliste se débrouillerait depuis son hôtel. Il lui fallait encore patienter une petite heure pour écouler toutes les sollicitations des envoyés spéciaux. Parfois, le ton montait quand un confrère traînait.

À son tour, Noël Brisseau revint de l'aire d'arrivée avec son carnet de notes. Il avait recueilli les réactions de

François Neuville et Louis Thiétard. Deux autres journalistes de *La France socialiste* ne lâchaient pas Émile Mercier et son directeur sportif. Le quotidien parisien allait encore en donner à ses lecteurs.

— Pour pisser de la copie, tu fais toujours le malin.

Tafani, après s'être rendu aux interviews, apparut à son tour dans la petite salle de presse où se trouvait Brisseau, penché sur sa machine à écrire. Studieux. Le Parisien releva la tête. Tafani le toisait.

Quelques confrères se tournèrent vers eux. Ceux qui téléphonaient se mirent à parler à voix basse.

— Tu vois, je pourrais t'allonger là, d'un coup.

Le reporter marseillais était grand et large d'épaules. Il avait été un excellent joueur de rugby à treize avant la guerre et l'interdiction de ce sport par le gouvernement de Pétain. Brisseau se rapetissait un peu plus, guettant la claque.

— Je vous laisse dans ta merde, toi et ta course de merde. Tiens, fais un écho : un journaliste parisien agresse un confrère marseillais. Ça va plaire à tes lecteurs. Allez, sers ta soupe et ne m'approche plus. Jamais.

Les doigts de Brisseau étaient crispés sur le clavier.

Comme un acteur qui finirait sa tirade, Tafani se tourna vers Marchand.

— J'ai besoin d'une ligne pour joindre Marseille, s'il vous plaît.

Il donna son numéro de téléphone. Cinq minutes plus tard, il avait la sténo au bout du fil.

— Le Circuit de France, le grand carnaval cycliste organisé par notre confrère *La France socialiste*, a connu encore quelques épisodes épiques.

Il s'arrêta.

— Oui, é-pi-ques. Pas hippiques, Georgette. Tu m'écoutes ?

Tafani récita ses deux feuillets, la victoire de Neuville, l'étape raccourcie, l'arrivée nocturne de la veille à Clermont-Ferrand. Il ponctuait ses phrases de « tous fadas, ces Parisiens ». Il mit un point final à son texte.

— Que nous réserve la suite ? On peut s'attendre à tout.

Tafani était content. Il sortit. Brisseau n'avait pas encore recommencé à taper à la machine quand le Marseillais repartit en voiture vers son hôtel. Ses doigts tremblaient nerveusement.

— Quel con, ce type ! Il se croit où ? lança-t-il en se tournant vers les confrères qui finissaient leur papier.

Personne ne lui répondit.

7

Et le président Laval applaudit

Jour de repos à Saint-Étienne, capitale du cycle
Vendredi 2 octobre 1942

Ding, ding, ding ! Toutes les cinq minutes, la même petite musique retentissait. À vous rendre dingue. À chaque approche du carrefour, le chauffeur du tramway actionnait sa sonnette pour prévenir les piétons distraits et la rame glissait sur les rails dans un crissement de ferraille. Il était 8 heures passées et, dans la chambre du cinquième étage de l'hôtel Majestic donnant sur la rue, le carrefour voisin et les rails du tramway, Maurice Machurey n'en pouvait plus. Mécaniquement, il avait commencé à compter le temps entre deux tintements. Il avait fini par ne plus dormir et s'inquiétait même quand la sonnette suivante se décalait de quelques secondes.

L'officiel était hébergé dans cet hôtel de Saint-Étienne, comme la majorité des participants du Circuit. Après le séminaire, le lycée, la cité universitaire, le compartiment d'un wagon-lit ou la chambre chez l'habitant, passer une nuit dans un lit d'hôtel était un luxe pour n'importe quel participant. La chambre partagée avec Douchin, son collègue, révélait un papier peint couleur lilas au mur, un évier dans un coin, une armoire à glace en face des lits jumeaux et une fenêtre aux volets d'acier qui n'étouffait aucun bruit de la ville. Elle sentait un peu le renfermé et la poussière chaude. Les toilettes étaient sur le palier et un vase d'aisance était mis à disposition dans la petite table de nuit au bord du sommier.

Machurey avait rejoint l'hôtel, dîné, et s'était vite couché. La nuit était douce et la journée du lendemain, promise au repos pour tout le monde. Une telle perspective avait poussé toute la caravane à rêver à une inoubliable grasse matinée que n'avaient pas offerte les journées précédentes. On allait oublier le boulot. D'ailleurs, le matériel de dépannage, presse et étaux, était resté au vélodrome avec les vélos et tout l'outillage. Sous la garde de policiers et la veille de trois mécanos consignés volontaires pour dormir sur place, l'intendance ne risquait rien et même Jacques Oudart avait accepté une entorse à sa règle : ce soir, il dormirait dans un vrai lit et non sur le matelas posé dans sa camionnette.

Débarqué au Majestic ou dans les hôtels Bellevue et Moderne, un peu plus loin, chacun avait pris ses quartiers. Sabroni et les autres soigneurs avaient fait le tour des chambres pour masser la trentaine de coureurs encore présents en début de soirée. Les journalistes avaient passé les derniers appels téléphoniques. Jamais soirée du Circuit de France n'avait été entamée aussi paisiblement. À 22 heures, après avoir travaillé leur émission « en direct de la course », Georges Briquet et Jean Leulliot avaient réclamé un « petit alcool » au réceptionniste. Avec leur verre de cognac au creux de la paume, les deux hommes étaient restés quelques instants silencieux, histoire de savourer le calme. Et le contenu du verre.

— Demain, on ne se lève pas à 5 heures. Allez, au lit.

Leulliot avait été le premier à regagner l'étage.

Quand Machurey descendit pour le petit déjeuner, il fut surpris de trouver la plupart des tables dressées, comme si personne n'avait encore fréquenté la salle. Les coureurs se reposaient encore, sauf Jean-Marie Goasmat. Le Breton, malgré son bon classement, avait eu du mal à digérer - dans tous les sens du terme - les kilomètres de la veille et la mayonnaise avariée de Clermont. Son estomac remis d'aplomb lui avait permis de terminer en force l'étape mais il avait passé une nuit agitée. Comme ses équipiers portant le maillot grenat, il était convoqué en fin de matinée à l'usine Mercier, à dix minutes à pied de l'hôtel.

— Rendez-vous aux ateliers.

Michel Pierrard avait sommé ses coureurs de le rejoindre en quittant le parc de l'Étivallière.

Machurey et Douchin passaient à table pour le petit déjeuner quand ils virent entrer Maurice Cressenssac. Le chauffeur, inquiet, scrutait la salle.

— Quelqu'un a vu Jacques Oudart ?

Le chef mécano et ses acolytes ne résidaient pas dans l'établissement mais la question lancée à haute voix avait interpellé ceux qui prenaient leur repas.

— Pas vu, dit Léo Véron, le patron de Dilecta, au moment où il apercevait Louis Caput, son champion, entrer dans la pièce. Je ne crois pas que les mécanos sont logés au Majestic.

— Je sais. On est tous au Bellevue ou au Moderne. Je l'ai déjà cherché là-bas. Je me suis dit qu'il était peut-être venu ici.

— Pas vu ici, poussa une voix.

Maurice fit demi-tour. En passant la porte de sortie, il croisa Pierre Dréan.

— Je cherche Oudart, tu l'as pas vu ? Sa camionnette n'est pas au garage.

Le motard réfléchit.

— Il est peut-être au vélodrome. Avec une journée pareille, ils ont du boulot.

Cressenssac devenait de plus en plus inquiet. Il saisit le bras de Pierre.

— Faut que je te montre quelque chose.

Celui-ci n'eut pas le temps de protester, le chauffeur avait agrippé sa veste et le tirait. En quelques minutes, ils arrivèrent dans la cour arrière de l'hôtel Bellevue. Le Berliet était garé le long du mur. Cressenssac grimpa aussi rapidement que possible à l'arrière et fit signe de le suivre.

— Regarde, mais regarde !

Il plongea la main dans une grande malle ouverte. On apercevait au fond des bocaux renversés, des pommes de terre éparpillées et des bouts de verre.

— C'est quoi, ça ?

Dréan s'étonnait en découvrant la malle.

— On m'a presque tout piqué. Qui m'a volé ?

Plus Cressenssac criait, moins Dréan comprenait.

— Attends, Maurice. Tu peux m'expliquer ?

Le chauffeur reprit son souffle et raconta. Le rendez-vous au Mans, la charcuterie, les bocaux et les légumes récupérés pour les revendre à Paris, les précautions prises pour que personne ne découvre le contenu de la malle, même au passage de la ligne de démarcation. Un trésor dissimulé dont lui seul connaissait l'existence. D'accord, ce n'était pas réglementaire, mais...

— L'autre soir à Clermont-Ferrand, après la route sous le soleil, j'ai encore vérifié la malle. Y avait tout.

Cressenssac levait les yeux au ciel comme s'il se repassait le film dans sa tête.

— Il n'y a qu'Oudart et ses gars qui ont accès au camion. Quelqu'un a dû chercher là et il s'est servi.

Du vol !

— Je vais trouver le salaud qu'a fait ça.

Ne sachant que dire sur la mésaventure qui tourmentait Maurice, Dréan repartit vers le Bellevue, en souriant. Une affaire de marché noir, un filou dépouillé, ce Circuit de France réservait des surprises tous les jours...

Parvenu à la réception de l'hôtel, il demanda un numéro de téléphone à Paris.

— Prenez votre appel là-bas, près de l'escalier.

La jeune femme derrière le comptoir lui indiquait l'appareil. Dréan saisit le combiné.

— Bonjour, Laurent, c'est Pierre. Je suis à Saint-Étienne. Tout va bien. La course se déroule sans problème et j'en ai profité pour voir mes cousins comme prévu. Ils sont en pleine forme.

Il prolongea avec quelques banalités sur la météo, la vie quotidienne à Paris, ce qu'on disait de la victoire expéditive de Marcel Cerdan contre l'Espagnol Ferrer, l'avant-veille à Paris. Pierre était fan du boxeur. Il aurait aimé le voir combattre pour la ceinture européenne au Vél d'Hiv mais il avait quitté la capitale trois jours plus tôt.

— Tu me raconteras. On rentre dimanche. Je t'appellerai. Salut.

Il raccrocha. La conversation avait duré à peine deux minutes, banale, mais Pierre avait dit l'essentiel à son correspondant. On lui avait répété avant de quitter la capitale que les conservations téléphoniques pouvaient être mises sur écoute, une probabilité renforcée s'il passait un appel depuis le standard provisoire du Circuit. Il avait décidé d'attendre Saint-Étienne et la fin de sa mission pour donner des nouvelles. Tout s'était passé comme prévu. Les cousins ? Ses contacts. Pas de nom, pas de lieu, pas de trace. Donc pas de problème. Mains dans les poches, Dréan descendit vers la place Carnot pour aller boire un verre en terrasse. Un vrai jour de repos.

Au Majestic, veste et cravate noires, chemise blanche, Joseph Cuercq en imposait. Avec sa haute taille, sa raie sur le côté, un nez pointu et des épaules étroites, le maître d'hôtel intriguait. Un brin excité, il avançait imperceptiblement sur la pointe des pieds dans la salle de restaurant. Deux pas devant, un de côté, puis une esquisse de demi-tour, on aurait dit qu'il dansait, surveillé par la demi-douzaine de serveuses et serveurs. Il était 11 heures et Joseph, dans un étrange ballet, agitant les bras, élevant la voix, réglait les préparatifs du banquet du Circuit de France. Dans une heure et demie, l'organisation de la course, les chefs d'équipe, la presse nationale et régionale, les officiels, les élus et le maire de Saint-Étienne étaient attendus. Émile Mercier, l'empereur du cycle français, comme on le surnommait, serait là aussi. Il vénérait le patron stéphanois et pas seulement parce que ses deux fils travaillaient dans les grands ateliers de la manufacture de cycles. Joseph Cuercq habitait à deux rues de l'usine Mercier et il possédait évidemment un vélo Mercier avec lequel il s'essayait à grimper le col de la République vers Saint-Genest-Malifaux, chaque été. Aujourd'hui, le maître d'hôtel accueillait « Monsieur Émile » et tout le gotha du cycle français. Il ne tolérerait aucune erreur.

Dans la grande salle à manger, le personnel dressait la table d'honneur, tendait les nappes, posait les vases avec de grandes fleurs, alignait les couverts autour des assiettes dans une agitation murmurée. En cuisine, la brigade de Gaby Tesseyre s'activait. Au menu, le chef préparait des crudités, de la charcuterie, des râpées[1] avec une salade de barabans[2] et des œufs mollets, de la fourme de Montbrison et des petits chèvres du Pilat, et des tartes aux pommes pour finir. Les salaisons venaient de chez sa belle-sœur, à Sainte-Sigolène, en Haute-Loire. La fourme arrivait de la plaine du Forez, de Salvizinet où son beau-frère était vicaire et fin connaisseur de fromages. À la carte des vins, il y aurait du côtes-d'auvergne. Cadeau de Pierre Laval.

La visite du chef du gouvernement lors du passage de la course à Saint-Étienne avait été précipitamment annoncée avant le départ de Paris. De Vichy où il siégeait, ou de Châteldon où se trouvait sa résidence privée dans un superbe château, il n'y avait pas deux heures de route

1. Galette de pommes de terre râpées, spécialité forézienne.
2. Terme essentiellement employé dans les régions lyonnaise et stéphanoise pour désigner les pissenlits.

jusqu'à Saint-Étienne. Laval au milieu des coureurs, c'était la consécration pour les organisateurs. Il n'en fut rien.

En échange, il était prévu qu'une délégation de la course vienne saluer le chef du gouvernement dans sa résidence privée. Ce serait en fin de journée. Le secrétaire de Pierre Laval avait aussi précisé que le « président » souhaitait fêter le passage de la caravane en offrant le vin du banquet. La veille de l'arrivée de l'étape, Gaby Tesseyre avait récupéré plusieurs caisses de côtes-d'auvergne rouge. Il en avait ouvert une ce matin, entouré du personnel.

— C'est pas un bourgogne ou un beaujolais, mais c'est bien. C'est même très bien avec la râpée et la fourme.

Le chef avait tranché en levant son verre avant d'en boire le contenu. Tous l'avaient imité.

Il restait moins d'une demi-heure avant le banquet et Georges Daudet, directeur de *La France socialiste*, et MM. Pourtier et Rouy, représentants du colonel Pascot, le commissaire aux Sports, s'arrêtèrent en voiture devant l'entrée du Majestic. Emphatique, Daudet s'approcha comme un chef d'État de la petite troupe qui l'attendait, avec Jean Leulliot, pressé, une poignée de journalistes et des curieux.

Quelques minutes plus tard, Amédée Guyot, le maire de Saint-Étienne, pénétra dans la salle, accompagné de Jean Faussemagne, le chef de cabinet du préfet, et Paul Rives, le directeur de *L'Effort*, le quotidien lyonnais. Émile Mercier, à son tour, se pointa après avoir accueilli ses coureurs un peu plus tôt dans les ateliers, en présence des ouvriers. À l'usine, l'apparition de Brambilla, jugé meilleur grimpeur la veille, avait nourri des applaudissements. La délégation de l'équipe Mercier avait mené une courte visite avant de s'éclipser. De retour à l'hôtel, Goasmat, Louviot et les autres avaient évité l'attroupement dans le hall et les reporters invités au déjeuner. Journalistes locaux, régionaux ou parisiens, de Radio-Bruxelles, Radio-Paris et la Radiodiffusion nationale, la majorité de la presse avait répondu présent. Sur la pointe des pieds, derrière la double porte vitrée d'entrée du restaurant, Joseph Cuercq comptait les convives et regardait sa montre.

Loin de là, Maurice Cressenssac venait de garer son Berliet sur la place de la gare de Châteaucreux et traversait la rue pour rejoindre l'hôtel situé en face. Il avait enfin su où se trouvait Jacques Oudart, parti retrouver des amis pour le déjeuner. Le chauffeur n'eut pas de mal à repérer le chef mécano attablé avec trois autres personnes. La salle était remplie, il lui fit signe de loin en agitant la main. Le mécano le rejoignit.

— Bonjour, Maurice. Qu'est-ce que tu fais là ?

— Monsieur Oudart, je voulais vous parler. C'est pressé.

— On se voit tout à l'heure au Bellevue ?

— Vous n'avez pas deux minutes, tout de suite ?

Oudart, surpris, retourna à sa table prévenir ses invités et revint vers Cressenssac.

— Que se passe-t-il ? T'es bien mystérieux.

Cressenssac et Oudart se trouvaient dans le hall. Le chauffeur dit tout pêle-mêle. La malle vidée, les bocaux et cageots disparus. Il lui fallait confesser son plan de marché noir. Il parlait vite, bafouillait. Il n'osait pas accuser Oudart mais « il n'y a que vous ou un de vos gars qui accédez régulièrement au camion. Et moi qui charge les valises. Alors... ».

Oudart ne disait rien. Mine grave, il prit Cressenssac par le bras.

— Viens par là, on sera tranquilles.

Ils s'assirent dans une alcôve près de l'escalier qui menait aux étages.

— Bon, c'est pas un vol. Ce qui a disparu, je sais pourquoi.

Cressenssac ouvrit la bouche sans prononcer un mot.

— Maurice, j'ai utilisé ton camion sans t'en parler.

— Vous avez roulé avec ? Quand ?

— Non, personne ne l'a conduit. Il a juste servi à transporter des gens. On ne t'en a pas parlé pour que tu sois tranquille. Je savais depuis Le Mans que tu avais rempli la malle pour le marché noir. Tu te souviens ? T'as emmené Lucien et Fernand la veille quand t'es parti faire tes courses…

Oudart avait un petit sourire, Cressenssac était tout rouge.

— Mais je sais que t'es pas un tordu, poursuivit le mécano. On m'a demandé d'aider à transporter des gens de Limoges à Clermont-Ferrand. Puis de Clermont à Saint-Étienne. Tout s'est bien passé. En cherchant à se cacher dans le camion, ils ont trouvé le contenu de ta malle. Ils se sont servis, ils me l'ont dit. C'était pour leur périple.

— Mais qui c'étaient, ces gars ?

— T'inquiète pas. Ce sont des gens qui venaient de passer la ligne de démarcation et devaient rapidement descendre dans le Sud…

— Des Juifs ? lança Cressenssac.

— Peut-être, je ne sais pas. Un copain de vélo m'avait demandé à Poitiers d'aider du monde à venir jusqu'à Saint-Étienne. Je ne pouvais pas le lui refuser, je l'ai côtoyé pendant des années sur les courses. Quand j'ai parlé avec Lucien pour trouver une solution, il m'a dit qu'il avait repéré ta malle au Mans. Tu sais tout. Les deux gars sont déjà partis de Saint-Étienne ce matin. J'espère qu'ils seront vite en sécurité.

Cressenssac souffla en se passant la main dans la touffe de cheveux gras qu'il lui restait sur le crâne.

— Et si je m'étais fait prendre ?

— On surveillait tout ça. Il n'y avait rien à craindre sauf si tu ratais un virage en descendant le col.

Oudart riait ouvertement maintenant.

— Mais t'es un bon chauffeur, c'est pour ça que t'as pris le raccourci pour contourner l'ascension.

— Mais comment ils ont voyagé ?

— C'est toujours moi ou Lucien qui fermions ton camion après que tu avais enlevé les valises ou chargé les caisses. Il suffisait de t'occuper et, dans l'aire d'arrivée, personne ne faisait gaffe. Ils restaient à côté et hop, au dernier moment. À Clermont, ils ont dormi à l'intérieur du camion car on craignait que la cité universitaire et la gare soient surveillées. D'ailleurs, t'as peut-être vu que les Allemands sont venus juste avant le départ ? Maintenant, c'est réglé. T'as pas à t'en faire.

Cressenssac reprenait ses esprits. Pragmatique.

— J'ai quand même perdu les deux tiers de ce que j'avais acheté...

Le chauffeur calculait dans sa tête. Certes, il avait rendu service mais... Oudart prit les devants :

— Je sais.

Il lui tendit quelques billets.

— Non, non, pas ça.

Maurice se dressait.

— Maintenant faut que je trouve un autre plan…

— J'ai peut-être une solution, mais laisse-moi finir le déjeuner avec mes amis. À 15 heures au Majestic ? On a chacun notre secret, non ?

Le mécano repartit à table, Cressenssac retourna vers son camion. Songeur. Qu'aurait-il fait s'il avait découvert lui-même ses passagers clandestins ? Huit bocaux de terrine et rillettes disparus, deux sacs de pommes de terre envolés, quand même… À vous couper l'appétit.

Dans le restaurant du Majestic, on déjeunait bruyamment et Paul Rives se leva.

— Je ne ferai pas de discours, commença l'ancien député.

Il prit donc la parole quelques minutes pour redire toute la satisfaction que lui inspirait la course depuis son départ, tout le prestige qui rejaillissait sur les coureurs et les organisateurs.

— Ce projet de Circuit de France que d'aucuns trouvaient téméraire et que j'appellerai seulement courageux… déclama l'élu sous les applaudissements. C'est le sentiment de l'honneur davantage que l'appât du gain qui animera les participants jusqu'au terme triomphal des coureurs.

L'ambiance était à l'euphorie et les plats de charcuterie ne résistèrent pas au premier assaut d'un auditoire affamé. Georges Daudet se leva à son tour. Dans un costume gris clair, pochette à la boutonnière, il portait la bonne parole :

— Ce soir, je conduirai notre délégation qui sera reçue par le président Laval. Je m'y rends avec mes amis Rives et Trialoux et je serai votre ambassadeur. Il tient à nous exprimer toute sa fierté. Il a parfaitement compris le caractère symbolique et national d'une épreuve qui se déroule dans les deux zones. À mon tour, je remercie vivement tous ceux qui m'ont aidé à faire aboutir ce projet...

Il fit silence pour mieux laisser s'éteindre les murmures et reprit :

— Je peux vous l'annoncer. C'est officiel, il y aura un Circuit de France l'an prochain.

Tout le restaurant applaudit. Même Joseph Cuercq, qui surveillait l'arrivée des plats de râpées et les saladiers de barabans aux œufs mollets.

Gagné par l'excitation, Georges Briquet donna de la voix. Sans micro et sans sprint à commenter, il donna dans le vibrato pour saluer l'instant.

— Ne dût-il y avoir qu'un coureur à l'arrivée, tant pis, j'organise quand même, reprit la voix de la Radio nationale, citant le regretté Henri Desgrange.

Puis ce fut Versnick, le commentateur de Radio-Bruxelles, qui exprima ses remerciements au nom de ses confrères belges. Puis Maurice Machurey voulut trouver les mots pour saluer encore « toute la sympathie et la compréhension rencontrées par les organisateurs à chaque étape ». Quand un orateur s'asseyait, un autre se levait pour prolonger par une tirade le satisfecit général. Il ne manquait ni les applaudissements, ni les bouteilles de côtes-d'auvergne pour donner quelques degrés supplémentaires à l'ambiance.

Quand le maître d'hôtel fit signe d'apporter les plateaux de fromages avec la fourme et le chèvre, Jean Leulliot se dressa pour conclure. Porté par l'émotion, presque au bord des larmes, il rendit hommage aux coureurs, aux soigneurs, aux mécanos, « qui écrivent la légende de cette course ». Bref, tous ceux qui n'avaient pas été invités à la table du Majestic.

Noël Brisseau, zélé, s'était levé et tapait des mains comme les autres. Ostensiblement. De temps à autre, il se retournait vers ses confrères les plus frileux à s'enthousiasmer, les plus prompts à lâcher les critiques. Assis à leur table, ils ne disaient rien, ou peu. Le reporter parisien les toisa à coups de menton vengeur, avec un large sourire. À cette table, on n'apercevait pas Francis Tafani. Le journaliste provençal s'était dispensé de participer à la réception. Le banquet touchait à sa fin. Il restait la tarte aux pommes et, même après le café, la verveine verte du Velay offerte par Amédée Guyot, le maire, en personne.

— Messieurs, ça s'arrose ! lança l'édile.

Il n'est pas sûr que les coureurs à l'étage, qui entamaient l'après-midi par une sieste consécutive à la grasse matinée, aient pu entendre les applaudissements et les discours. Dans chaque chambre, rideaux tirés ou pas pour se protéger du soleil d'automne, l'instant était au repos. Leurs vélos récupéraient de quatre jours d'enfer dans les mains des mécanos au vélodrome de l'Étivallière. Comme celles des autres survivants du Circuit, les montures subissaient une remise en forme complète. Câbles de freins, dérailleurs, potences, boyaux, roues, tout était inspecté. Une petite foule curieuse assistait à l'opération en plein air. Oudart avait convoqué son commando le plus tôt possible puis les avait rejoints après son déjeuner. Depuis leur virée nocturne du Mans, Lucien et Fernand montraient l'exemple. Ils faisaient souvent l'impasse sur le dîner pour mieux s'atteler à l'entretien des vélos après l'étape. À Poitiers, des coureurs étaient même venus leur apporter à manger dans la pièce où ils œuvraient à l'École normale. Les moines-soldats du cyclisme. La tâche menaçait de durer jusqu'à la fin de l'après-midi. Il restait trois jours avant de retrouver Paris.

— Connaissez-vous l'adresse d'un magasin de photographie dans le quartier ?

Roger Parry, l'un des photographes du Circuit, avait d'autres priorités en cette journée de repos. Penché sur son bureau, il répéta sa question à la jeune réceptionniste du Majestic.

— Je voudrais faire développer mes photos. Vous savez où il y a un photographe ?

La réceptionniste, peu au fait, lui griffonna une adresse.

— C'est à dix minutes à pied, promit-elle.

Et Parry, sac en bandoulière, prit la direction de la boutique en fin de matinée. Au bon numéro, l'enseigne annonçait : Roger Barlon, peintre-photographe. Il ignorait tout de la vie d'une pellicule, la jeune femme s'était trompée d'objectif. Parry erra encore un peu dans le centre-ville avant de dénicher la bonne adresse, cette fois.

Parry entra dans la boutique avec soulagement. Devant lui, un homme en blouse grise classait des papiers dans une boîte.

— J'ai besoin de développer mes photos du Circuit de France.

— Un de vos collègues est passé tout à l'heure.

Le commerçant observait Parry et son sac en bandoulière posé. Le reporter en sortit deux appareils : un Rolleiflex et un Kodak Retina, et cinq rouleaux de pellicule.

— Comment vous travaillez avec ça ?

Le photographe stéphanois était admiratif. Parry lui conta rapidement la course, les photos du départ, celles prises pendant l'étape quand on remonte le peloton à l'arrière d'une moto, la ligne d'arrivée et ce souci de « faire des gueules ». Il aurait pu dire aussi la pluie, la poussière, l'absence de lumière, toute une gamme. Il abrégea, c'était aussi son jour de repos.

— Repassez à 17 heures, ça sera prêt.

Le commerçant donna son bon à Parry. Avant de rejoindre le Majestic et le banquet, il allait s'offrir un petit plaisir : boire une anisette en terrasse.

Pierre Dréan tuait aussi le temps. Après une rapide inspection de sa Terrot ce matin au vélodrome, il était parti se promener dans une ville qu'il ne connaissait pas. Il logeait dans l'hôtel Bellevue, là où résidaient motards, chauffeurs et mécanos. Il aperçut tout de suite Cressenssac, assis sur une chaise sur le trottoir. Maurice patientait, tapant du pied. Agité.

— T'as retrouvé Oudart ? demanda Dréan. Il était au vélodrome ce matin.

— Je l'ai vu et je le retrouve au Majestic tout à l'heure.

— Rien de grave ?

— Je te raconterai !

Cressenssac se leva et, portant sa chaise à bout de bras, il partit la remettre dans le hall et ressortit aussitôt pour descendre la rue.

— Je vais au Majestic, salut !

Oudart prenait ses aises dans le fauteuil. Après le banquet, les officiels stéphanois avaient salué leurs hôtes,

Daudet et ses compagnons de route avaient repris la direction de Vichy, la plupart des journalistes se trouvaient dans leurs chambres ou en ville. Un petit groupe restait là à bavarder, le leader de la course, François Neuville, Sabroni le soigneur et deux journalistes de *L'Auto* et du *Petit Parisien.*

Cressenssac fit irruption et se précipita vers Oudart, arrivé depuis peu.

— Je suis en avance mais vous m'avez dit que vous aviez une solution à mon...

Il jeta un coup d'œil au groupe voisin.

— ... Enfin, à mon affaire du camion.

Oudart, poussant sur les accoudoirs du gros fauteuil, se redressa.

— Parlons dehors, Maurice.

Sur le trottoir, le mécano expliqua :

— J'ai une adresse où tu peux racheter des salaisons, des légumes. Si tu viens de ma part, c'est bon, mais faut être raisonnable.

Raisonnable ? Il était marrant, Oudart, pensa Cressenssac.

— Je le suis. C'est où ?

— Pas loin. Mais faut que tu sois accompagné. Si t'es d'accord, t'embarques un gars dans une demi-heure. C'est à vingt minutes d'ici dans une ferme.

— Oui, oui, répondit le chauffeur précipitamment.

— Bon, je t'explique...

Oudart parlait à voix basse, mû par un soudain sentiment de conspirateur. Ça le fit rire.

— J'ai quand même perdu de l'argent avec ce qu'ils m'ont piqué.

Cressenssac tenait à ses sous.

— T'as surtout fait une belle connerie. Si les Allemands avaient découvert ta malle, imagine un peu...

Oudart le fixait. Comme un enfant fautif, le chauffeur baissa la tête et fit signe que tout était d'accord. Plutôt un bon arrangement...

Une demi-heure plus tard, le Berliet s'attaquait à la montée du col de la République avec, à droite de Maurice, son passager nommé Jean-Paul, la trentaine, les cheveux noirs bouclés et une cicatrice sous l'oreille. La boîte de vitesses craquait et Maurice suait.

Avant d'arriver à la commune de Planfoy, Jean-Paul indiqua un chemin sur la droite. Il menait à une fermette. Le camion s'arrêta et une femme sortit de la maison.

— Salut, la Mireille, dit Jean-Paul. C'est Johannes qui m'envoie.

Elle fit signe aux deux hommes d'entrer. Dix minutes plus tard, Cressenssac ressortait, ouvrait les portes arrière du Berliet et le couvercle de sa grande malle du fond. Mireille et Jean-Paul apparurent à leur tour. Elle portait une bassine d'où émergeaient des bocaux. Jean-Paul avait empaqueté des saucissons dans du papier journal et tenait un filet rempli de haricots verts.

— J'ai pas de pommes de terre, dit Mireille, mais j'ai des jambons. Ça vous va ?

Cressenssac suintait de bonheur. Il avait fait le plein.

En redescendant sur Saint-Étienne, il était redevenu bavard.

— C'est un prix raisonnable.

Il comptait en regardant Jean-Paul.

— On est en zone libre, c'est plus facile, dit son passager. Mon frère qui habite Saint-Ouen m'a dit que le rationnement, c'était terrible là-haut. Et le marché noir, c'est dangereux, ou faut connaître quelqu'un.

Cressenssac ne répondait plus. La fin de la descente se fit en silence jusqu'à l'hôtel. À deux cents mètres de l'immeuble, Jean-Paul leva la main.

— Laissez-moi là, s'il vous plaît.

Son passager ouvrit la porte, Maurice le retint par le bras.

— Donnez-moi l'adresse de votre frère. Je peux lui apporter un colis quand je rentre à Paris.

Jean-Paul tourna la tête. Ils se regardèrent en silence quelques secondes.

— Vous logez au Majestic ?

— Non, à l'hôtel Bellevue.

— Je viens vous voir à 19 heures.

Jean-Paul serra la main de Maurice. Il la retint.

— Merci, merci beaucoup. À tout à l'heure.

Le chauffeur et tous ceux du Circuit étaient briefés. Vendredi matin, le départ du contre-la-montre par équipes vers Lyon était fixé à 7 heures. Ce n'était que la première moitié de l'étape qui, ensuite, conduisait de Lyon à Dijon avec un nouveau franchissement de la ligne de démarcation. Cette seule évocation servit de rappel à l'ordre. Le lever était prévu à 5 heures.

Personne ne se fit prier pour passer à table, au dîner, à 19 heures. Cressenssac rejoignit sa place avec un peu de retard. Il guettait Jean-Paul. Personne. Après dix minutes d'attente, Maurice repartait vers la salle à manger quand le réceptionniste l'arrêta.

— Vous connaissez M. Cressenssac ?

— C'est moi !

— Vous avez un message.

Le chauffeur s'approcha et saisit la petite enveloppe où une feuille blanche était glissée avec deux lignes d'une écriture hâtive. Il lut :

« Gérard Massicot, 17 rue de la Lanterne. Saint-Ouen. Merci beaucoup. Bonne route et prenez soin de vous. Jean-Paul. »

Maurice la plia dans une poche. Drôle de rencontre. À table, contrairement aux autres soirées, il resta songeur. Son voisin l'apostropha :

— Tu dis rien ? T'as passé une bonne journée de repos, Maurice ?

— On a quand même de la chance de faire cette course, non ?

Il avait envie d'appeler sa femme au téléphone. Tout de suite. Il n'osa pas. Dans trois jours, il rentrait. Puis il pensa à Jean-Paul et à son frère Gérard. *17 rue de la Lanterne.* Maurice se répétait l'adresse mentalement. Il irait là-bas dès lundi.

8

Retour à toute vitesse en zone occupée

5e étape : Saint-Étienne – Lyon – Dijon
Samedi 3 octobre 1942

Louis Caput crut qu'il rêvait. Depuis deux minutes son compagnon de chambre lui secouait gentiment l'épaule mais le benjamin de l'équipe Dilecta ronchonnait, se retournait et se rendormait. Il était 5 heures du matin ; dans deux heures, la première équipe s'alignerait au départ des cinquante-six kilomètres du contre-la-montre jusqu'à Lyon.

Après une journée de repos, le programme de l'avant-dernière étape saucissonnait encore la course. Une tranche le matin, puis une seconde de Lyon à Dijon avec deux cent trois kilomètres d'endurance et la perspective de retraverser la ligne de démarcation, au niveau de Chalon-sur-Saône.

Sur le trottoir du Majestic, à 6 h 15, Romain Bellenger, le directeur de France-Sport, n'avait pas de quoi sourire. Il ne comptait plus que deux coureurs dans sa formation toulousaine. Deux rescapés sur douze partants, une bérézina ! Dans ces conditions, il lui était impossible de s'élancer dans un contre-la-montre par équipes. La direction de course, les commissaires et Bellenger en avaient convenu la veille : France-Sport roulerait avec Alcyon. Le bleu foncé des uns et le bleu clair des autres mêlés dans un effort commun. Les deux formations n'avaient plus aucune chance au classement général par équipes, il restait le panache.

La veille au soir, Bellenger expliquait le scénario à Bruno Carini et Antoine Giauna, ses derniers pros en course, quand Émile Idée se pointa.

— On fait route ensemble demain, les gars ?

Le champion de France était de bonne humeur. Le Circuit était une occasion rare de les croiser. Tous deux vivaient sur la Côte d'Azur et ne « montaient » pas en zone occupée. Le premier était né en Suisse, le second, en Italie, ils avaient été depuis naturalisés français et leur présence dans le Circuit de France, comme celle de l'équipe France-Sport, servait le message d'union « nationale » vantée par les autorités de Vichy. Avec les Espagnols Antonio Prior et Rafael Ramos, l'Italien Eugenio Gialliussi et Dante Gianello, naturalisé français depuis 1931, l'équipe sélectionnée par Romain Bellenger était la plus internationale du peloton. Les abandons de dix des douze coursiers de France-Sport avant les deux dernières étapes racontaient, a contrario, le peu de motivation des coureurs. Il était temps que la course s'achève…

Après une journée de repos, rappelée à ses départs matinaux, la caravane eut du mal à retrouver son rythme. Les vingt-neuf coureurs et tous les suiveurs étaient invités à se mettre en route du centre-ville jusqu'à l'entrée de Terrenoire, commune limitrophe à l'est de Saint-Étienne, là où s'ouvraient la vallée du Gier et le parcours vers Lyon.

Oudart avait rapatrié ses camionnettes et ses vélos du vélodrome de l'Étivallière au Majestic, les montures étaient comme neuves. Brillantes.

— N'allez pas tout nous casser, dit-il aux premiers arrivés qui récupéraient leur bicyclette après avoir signé la feuille d'engagement.

Même Joseph Cuercq, le maître d'hôtel, avait répondu à l'appel de l'aurore pour apercevoir une dernière fois les forcés de la route. Du Bellevue, du Moderne et du Majestic, tous se pointèrent à l'heure, par routine.

Une équipe partait toutes les cinq minutes à partir de 7 heures et le parcours proposait tout ce qu'il fallait pour assurer la casse : vingt-cinq premiers kilomètres sur des routes pavées et autant de distance dans les monts du Lyonnais avant d'arriver dans la capitale des Gaules.

Il restait moins de vingt minutes avant le départ quand Lucien Courtial se pointa sur la ligne avec un large maillot vert à col blanc sous son blouson.

— Où t'as trouvé ça ? demanda Fernand Lesage.

— C'est le maillot d'Ignace Tax, l'attaquant de l'AS Saint-Étienne. Il me l'a donné hier.

Lesage, banlieusard parisien et supporter du Red Star, se grattait la tête.

— Mon frère Bernard connaît Tax, enchaîna Lucien. Ils ont été mobilisés ensemble en 39. Comme lui, il a été fait prisonnier et maintenant il est redevenu joueur pro à Saint-Étienne. Je suis allé lui donner le bonjour de sa part au stade Geoffroy-Guichard hier, après l'entraînement. C'était juste à côté du vélodrome.

Lucien et son maillot vert faisaient sensation, même à côté du tricot vert et beige des Helyett. Neuville, leur numéro un, portait le zèbre noir et blanc.

La direction de course avait prévu de donner le départ depuis le vélodrome d'hiver, en centre-ville, si la météo était capricieuse. Le ciel gris annonçait autre chose ce matin. On en resta à Terrenoire et son octroi devant lequel la table des commissaires avait été posée sur le large trottoir.

Dans l'agitation matinale, un petit homme ne passa pas inaperçu. Mains dans les poches, Benoît Faure se tenait au milieu de ses coéquipiers de Mercier et il était l'objet de beaucoup d'attentions. Faure, surnommé « la souris » par Henri Desgrange lui-même, était le « régional » de l'étape, né à Saint-Marcellin-en-Forez, à portée de sprint de Saint-Étienne. En participant à la course, le petit grimpeur s'était fabriqué un scénario : briller dans l'étape qui s'achèverait à l'Étivallière. À quarante-trois ans, son objectif relevait de l'impossible mais, porté par le public qui guetterait son passage après Ambert, et plus encore dans la plaine du Forez, il était flatté qu'on puisse imaginer un coup d'éclat de sa part au départ de l'étape à Clermont-Ferrand.

— Je connais toutes ces routes. Si je reste dans le coup jusqu'en haut du Béal, je descendrai à fond. Après, c'est les spectateurs qui me pousseront...

C'est ce qu'il avait déclaré à Clermont-Ferrand, au matin de l'étape. Le petit quadragénaire ligérien avait aussi sagement tapoté le dos de son équipier, Pierre Brambilla.

— Je roule déjà pour l'aider. Lui, il va s'envoler.

Avant de se poser à Saint-Étienne, Brambilla s'était effectivement envolé dans les deux cols passés en tête. Une chute en descente et un cadre cassé avaient, en revanche, précipité la « souris » d'abord dans le fossé et ensuite hors de la course, poussée à l'abandon. La journée de repos avait apaisé sa déception et, ce matin, Benoît Faure retrouvait sa gouaille et les mots pour pousser ses compagnons à « se faufiler » dans les monts du Lyonnais.

— C'est tout plat jusqu'à Rive-de-Gier, mais faut faire gaffe aux pavés. Ça t'envoie par terre en deux secondes si tu prends le bord de la route. Après, c'est des montagnes russes jusqu'à la descente vers Lyon. Faut toujours relancer.

Le petit bonhomme, rendu à la vie civile avant l'heure, multipliait les conseils jusqu'au dernier moment.

À 7 heures, Jean Leulliot donna le départ à la première équipe. Le maillot tricolore d'Idée s'y trouvait. Cinq minutes plus tard, le tricot zébré noir et blanc de François Neuville partit en chasse avec les Helyett. Cinq minutes encore et les cinq rescapés de Mercier s'élancèrent. Faure hurla une dernière fois ses encouragements. S'il avait pu, il aurait couru derrière eux tandis qu'ils prenaient de la vitesse, là-bas. Ils n'entendaient déjà plus leur copain.

À 7 h 20, Caput et les Dilecta filèrent à leur tour, leaders du classement par équipes et derniers à s'élancer. Il ne fallait pas une heure et demie pour rejoindre les quais de Saône à Lyon où était fixée l'arrivée.

En tête, Idée et ses équipiers traversèrent Saint-Chamond et Rive-de-Gier sans jeter un coup d'œil au décor de cheminées d'usines qui se découpait sur les bas-côtés. Des ouvriers s'étaient postés aux balustrades extérieures des grands ateliers pour voir passer la course. Parfois une sirène retentissait pour saluer leur passage. Entre crassiers et hauts-fourneaux, les touches de couleur du peloton éclairaient la matinée.

Le respect de l'horaire redonna le moral à Jean Leulliot. La capote de sa voiture de direction était baissée et, équipée d'une grosse veste en cuir, il vint à la hauteur de l'équipe hétéroclite Alcyon – France-Sport.

— Vous avez déjà parcouru près de la moitié de l'étape.

Il s'adressait à eux, porte-voix en main. La tête de course venait de quitter Châteauneuf et grimpait maintenant dans les contreforts des monts du Lyonnais, s'échappant de la grisaille de la vallée.

L'exercice, court et rapide à la fois, imposait à tous un effort collectif bien plus important que pour une étape normale. Jacques Oudart et ses mécanos avaient préparé des roues toutes montées et les avaient distribuées aux voitures suiveuses. Oudart comme le Berliet de Cressenssac et les camionnettes d'assistance circulaient à l'arrière.

— Un jour, ils n'auront plus besoin de nous, tu verras.

Fernand philosophait, assis dans la camionnette. Le passage sur les rues pavées, de Saint-Étienne à Châteauneuf, avait secoué les coursiers, percé quelques boyaux mais plutôt épargné les mécaniques. Pour combien de temps ?

C'est une question que le major Kezer ne se posait pas ce samedi matin. Dès la veille, il avait rejoint Lyon. Avant de quitter Saint-Étienne, l'officier avait revu avec Leulliot les formalités du prochain passage de la ligne de démarcation et lui avait de nouveau parlé de ses doutes sur les motivations de tous les suiveurs.

— Qu'est-ce que vous craignez ?

Leulliot l'avait fixé en écartant les mains.

— On a les pièces d'identité de tout le monde. Il n'y a eu aucun incident. Vous voulez fouiller la caravane ? Vous trouverez quoi ? Du tabac de contrebande ? Les Belges ont déjà vendu ce qu'ils avaient amené en deux jours, comme d'habitude.

Leulliot avait peu apprécié la suspicion mais Kezer était resté ferme.

À Lyon, l'officier avait rendez-vous à la préfecture avec un membre du cabinet d'Alexandre Angeli, le nouveau préfet régional. Depuis août, l'accord de collaboration entre les polices allemande et française « facilitait le travail », comme aimaient le répéter les supérieurs de Kezer à Paris. La capitale des Gaules devenait une place importante de réseaux de résistance naissants. Les autorités de Vichy y menaient la traque et les services allemands avaient alerté le major d'une menace sur le Circuit de France. Même si la course ne s'offrirait qu'une courte pause entre l'arrivée matinale de la demi-étape et le départ de la seconde, Kezer s'inquiétait. Il ne serait tranquille qu'au retour en zone occupée, après Chalon-sur-Saône. Il avait le sentiment que l'organisation ne maîtrisait plus grand-chose et avait tenu à rejoindre la ligne d'arrivée dès 7 h 30. Il y croisa les chronométreurs et officiels qui devançaient les coureurs. Se tenant en retrait, il observa la scène et ses préparatifs. Silencieux. À ses côtés, trois agents lyonnais du Spac, le nouveau service de police anticommuniste créé quelques mois plus tôt par le ministère de l'Intérieur, patientaient, bras croisés, et échangeaient à voix basse.

Dans l'ambiance matinale, il devenait maintenant difficile de se frayer un chemin, même en marchant, sur ce côté de la Saône. La police, qui maintenait régulièrement depuis la grande rafle des Juifs étrangers du 20 août une surveillance de la Grande Synagogue installée non loin du périmètre, avait préventivement barré les accès des ponts en amont et en aval. Le chef de cabinet du préfet Angeli avait conforté le major Kezer. L'horaire d'arrivée des premiers coureurs pressa les spectateurs entre les véhicules de la caravane et les camionnettes qui livraient les boutiques du quai. Bientôt on ne circula plus du tout. Un bouchon à la lyonnaise.

Il ne fallut qu'une heure, vingt et une minutes et vingt-sept secondes à Idée et ses acolytes pour boucler l'affaire et arriver au milieu de la foule. Premiers partis, premiers arrivés. À 8 h 30, ils étaient sur le quai.

— On n'a vu que du bleu !

Romain Bellenger n'était pas radieux pour autant. À cinq kilomètres du but, l'erreur d'un gendarme en faction au pont de La Mulatière avait conduit l'équipe Alcyon dans la mauvaise direction, vers la rive du Rhône. Le temps de reprendre le bon tracé, ils abandonnèrent deux minutes et la possibilité d'une victoire. Les bleus se classaient troisièmes de l'étape remportée par Génial Lucifer devant Dilecta. À côté de la voiture de l'équipe Helyett, François Neuville, lui, avait la tête dans une serviette. Il resta prostré de longues minutes à l'arrivée.

— Il a cassé son cadre à quinze kilomètres de l'arrivée.

L'entraîneur du leader racontait la frayeur de son coureur. Neuville forcé à l'arrêt quand sa machine cassa, Albertin Dissaux, son coéquipier, lui passa rapidement son vélo. Près de tout perdre, le Belge préféra alors filer seul, pressé, pour conserver sa place de leader. Il l'avait fait. Il récupérait et chacun commentait l'affaire en regardant le champion plié en deux, soufflé par l'effort.

Tout le peloton de journalistes avait rejoint en autocar, et non sans mal, l'aire d'arrivée. Les plus fatigués n'avaient pas eu le temps de s'endormir pendant le trajet entre Saint-Étienne et Lyon même si, une nouvelle fois, ils n'avaient pas aperçu grand-chose de la course. Alors, à portée de question, ils se poussaient maintenant du coude pour atteindre les coureurs et leurs entraîneurs.

— Si on avait pris en compte toute l'équipe, Neuville ne serait plus en tête.

L'accent marseillais de Francis Tafani dominait l'assistance regroupée en plein air près des commissaires qui épluchaient les résultats.

— Il faudra qu'on m'explique ce type de course. Tout est faussé.

— Vous écriviez tous que c'était déjà une affaire réglée. Vous ne connaissez rien au vélo !

La tirade de Brisseau cueillit à froid l'auditoire. Le reporter parisien s'était rapproché et s'adressait à ses confrères les plus critiques.

— Vous avez l'air malin avec vos pronostics. Si Neuville avait abandonné, vous diriez quoi ?

Le leader conservait ses cinq minutes d'avance sur le deuxième, désormais Louis Thiétard, mais personne ne prit le temps de répondre au reporter de *La France socialiste*. Tafani le dévisagea et s'approcha de lui, aussitôt Brisseau retourna prudemment vers les commissaires.

Accompagnée de quelques coups de klaxon pour écarter les spectateurs, l'arrivée d'Éloi Tassin tomba à pic pour détourner l'attention. Vingt-cinq minutes après ses coéquipiers de Génial Lucifer, vainqueurs du contre-la-montre, le dernier coureur mit pied à terre. Il était temps. Dans une heure, le peloton prendrait d'assaut la montée de Choulans, un raidard avec ce qu'il faut de lacets pour s'élever jusqu'au sommet de la colline de Fourvière. C'est là qu'était fixé le départ, prévu à 10 heures, cinq cents mètres après la ligne d'arrivée.

Assis sur la banquette arrière de la voiture, Louis Thiétard ne se souciait pas encore du profil de l'étape, il croquait dans une pomme après avoir avalé une tasse de thé. L'ancien leader de la course retint son directeur sportif par la manche.

— Maurice, c'est combien déjà, la prime pour la victoire par équipes ?

Maurice Évrard fit mine de chercher la réponse.

— Euh, je crois que c'est 50 000 francs à la première équipe, 30 000 à la deuxième.

Thiétard et les Génial Lucifer venaient de prendre la tête au classement général par équipes devant les Dilecta de Louis Caput. Le duel opposait aussi les deux coureurs pour le classement individuel. Le vainqueur final empocherait 30 000 francs, le deuxième, 20 000 et le troisième, 15 000. Thiétard en termina avec le trognon de sa pomme mais n'avait pas fini de compter. Le magot pouvait grossir avec les primes accordées aux grimpeurs. Il était troisième au classement.

— Tu vas toucher le jackpot ?

Léon Level, son coéquipier, s'était rapproché de la voiture et avait entendu la discussion. Le montant élevé des primes avait été un argument décisif pour convaincre les constructeurs et les coureurs de s'engager dans le Circuit de France. Même en toute fin de saison. Maintenant qu'on se rapprochait de Paris, malgré les péripéties de la course, les conditions de vie, la météo, chacun commençait à faire ses comptes.

Les premiers coups de sifflet, les klaxons et la voix de Jean Leulliot dans le porte-voix dispersèrent d'un coup toutes les conversations et mirent fin aux additions. Il était bientôt 10 heures, on allait dépasser l'horaire. Les retardataires avalèrent une gorgée de thé, des gâteaux secs ou, comme d'habitude chez Émile Idée, quelques morceaux de sucre. Leulliot était debout dans sa Peugeot décapotable. Dréan attendait qu'un photographe vienne se poser sur le tan-sad de la moto. Le départ vers Dijon était imminent. Il ne manquait que les envoyés spéciaux des journaux parisiens. Leur autocar était vide, le chauffeur patientait, assis devant son volant.

— Ils sont encore chez Jules.

Le contrôleur lyonnais de la FFC cria l'info. Il s'approcha de Boudard et Leulliot et pointa du doigt la vitrine d'un café tout proche. Les journalistes de la zone non occupée et le comité départemental de la Fédération française de cyclisme avaient invité leurs confrères à un petit mâchon pour le passage à Lyon. Avec une heure d'interruption entre l'arrivée et le départ, il y avait assez de temps pour faire un sort aux tranches de rosette et aux assiettes de fromages.

Au café Jules, sur le quai de Saône, le patron s'appelait Bernard, avec un tablier bleu noué autour de la taille et deux bras épais comme des cuissots de sanglier. On ne disait pas non à Bernard. Il avait ouvert des bouteilles de fleurie et d'autres de mâcon blanc, réduit en rondelles un jésus et une rosette, puis tranché de grandes tartines de pain. Une mise en bouche pour se donner de l'appétit, avaient réclamé les journalistes lyonnais qui connaissaient l'adresse et le patron. C'était servi. Après une demi-heure, sur les tables il ne restait que des cruches vides, des miettes de pain et, autour des verres, des taches de vin, personne n'avait encore quitté l'établissement.

— Les gars, on s'en va.

L'irruption dans le café du commissaire envoyé par Boudard sonna le chant du départ. Les Parisiens accélérèrent, les journalistes belges félicitèrent Bernard et ceux des journaux du Sud prirent leur valise et la direction de la gare de Perrache, de l'autre côté de la Saône.

— On redescend. Ça s'arrête pour nous.

Tafani serra des mains. Son train pour Marseille devait partir, ou pas, à la mi-journée.

Le peloton avait pris le départ et les spectateurs quittaient doucement la zone quand, dans un panache de fumée grise, l'autocar disparut au premier virage de la montée. Le chauffeur klaxonna deux fois, comme pour dire adieu. Une moto le suivit dans les premiers lacets avant de le doubler. Une voiture noire aussi. Les trois policiers y avaient pris place. Ils avaient discuté avec Kezer quand le peloton et ses suiveurs s'étaient pointés.

— On ne les lâche pas. Vous nous accompagnez jusqu'au passage de la ligne de démarcation.

La montée de Choulans n'excédait pas deux kilomètres. Tous les coureurs digérèrent l'ascension sans souci. Tous sauf un. Paul Rossier, coéquipier de Louis Caput, était resté en bas. Le quarante et unième abandon de la course. Personne n'y prêta attention. À trente-huit ans, le cycliste parisien s'accrochait à demeurer un parfait gregario. Il avait passé les quatre premières étapes sans faiblir. Le contre-la-montre avait épuisé ses dernières ressources.

— Tu restes avec nous ? On est à Paris demain.

Léo Véron, averti de la décision de son coureur, lui laissait le choix.

— Je préfère être dans mon lit ce soir. Je viendrai au Parc des Princes demain pour l'arrivée.

En début d'après-midi, Rossier prit sa place dans le train pour la capitale. Excepté le contrôle au passage de la ligne de démarcation, le convoi ne perdit pas de temps pour rejoindre la gare de Lyon.

Renoncer aux cadences infernales ou savourer le respect d'un horaire, on ne sait ce qui poussa le peloton à remonter la vallée de la Saône sans s'abandonner aux attaques des uns et des autres. Il y avait de la sagesse dans l'air. Et du grand air à revendre en longeant les monts du Beaujolais.

— On va arriver au contrôle à l'heure prévue, c'est parfait.

Günther Kezer était revenu dans la voiture de Jean Leulliot au départ de Lyon et bavardait avec le directeur de la course. La progression était toujours saluée par les encouragements des spectateurs à Villefranche, Mâcon, Tournus. Avant 14 heures, la caravane se présenta à Droux, au poste de garde situé à l'entrée de Chalon-sur-Saône, sur la ligne de démarcation. La première barrière à lever était tenue par des gendarmes français. L'arrivée du peloton et des véhicules suiveurs provoqua une cohue.

— On ne perd pas de temps, les gars.

Leulliot pressait sa troupe. Vélos et voitures se présentèrent un peu plus loin devant le baraquement des Feldgendarmes allemands. La barrière restait baissée. Günther Kezer fut le premier à s'adresser au sous-officier qui se tenait à l'extérieur du bâtiment. Trois tables étaient posées sur la terre battue devant l'une des guérites.

— Il faut avancer en colonnes. Celle des coureurs, celle des suiveurs, celle des journalistes. C'est comme ça et pas autrement.

Henri Boudard avait parlé. La consigne eut le mérite d'accélérer le mouvement. Chacun progressa rapidement avec sa carte officielle en main. Pendant ce temps, personne ne fit attention à l'arrivée d'une demi-douzaine de soldats. Le sous-officier appela Kezer.

— Quels véhicules devons-nous vérifier ?

Le major montra de la main les premières motos, dont celle de Pierre Dréan.

— Les deux camionnettes là-bas aussi. Et on regarde dans l'autocar.

La manœuvre surprit tout le monde. Les vingt-huit coureurs étaient passés en moins de vingt minutes et patientaient déjà en zone occupée. La fouille semait la confusion.

Jacques Oudart avait ouvert les portes de sa camionnette, Pierre Dréan avait fait de même avec ses sacoches. Deux soldats inspectaient l'intérieur de l'autocar, le Circuit de

France frissonnait. Au milieu du parking improvisé, un soldat fit signe à Maurice Cressenssac d'avancer avec son camion. Le chauffeur roulait à faible vitesse quand la sentinelle lui indiqua de poursuivre sa route. La barrière était levée, il alla rejoindre le peloton groupé un peu plus loin. Soulagé.

Un quart d'heure plus tard, les soldats avaient terminé leur inspection sans dénicher quoi que ce soit, à l'exception d'un sac en toile sous un siège de l'autocar. À l'intérieur, un saucisson emballé dans un exemplaire de *L'Effort* et une bouteille de mâcon blanc entamée. La découverte, brandie par la sentinelle, fit rire les journalistes qui observaient la scène de loin. Pas question de se dénoncer. L'autocar, les camionnettes et les motos démarrèrent vers le peloton arrêté plus loin. Pierre Dréan s'apprêtait à en faire de même quand le sous-officier du poste s'interposa et lui demanda de le suivre. Il tenait dans sa main la carte officielle du motard.

— Il y a un problème ? Je dois repartir avec la course.

Une fois à l'intérieur, le jeune homme questionna le soldat allemand.

— Monsieur Dréan, asseyez-vous.

La voix, dans son dos, le surprit. Il tourna la tête et découvrit les trois policiers dans le poste. Il n'avait pas remarqué leur présence sur le quai de Saône et maintenant le plus râblé du trio se rapprocha.

— Nous aimerions vous poser quelques questions, monsieur Dréan. Ne vous inquiétez pas pour la course.

Le major Kezer observait sans rien dire, Dréan s'efforça de ne pas laisser paraître son anxiété. Il avait serré les mains sur ses genoux pour maîtriser un début de tremblement.

Le policier attaqua.

— Monsieur Dréan, nous savons que vous avez rencontré une jeune femme à Poitiers pour transporter des documents d'identité en zone non occupée. C'est vrai, n'est-ce pas ?

Le ton neutre de l'agent était intrigant. Le motard se redressa sur sa chaise.

— Comment ça, une jeune femme ?

Dréan se tut, ferma les yeux pour donner l'impression qu'il réfléchissait. On entendit des klaxons, des cris. La course repartait. Kezer sortit de la pièce, Dréan était seul. Inutile de jouer la montre...

— Ah oui, à Poitiers ? Après l'étape ? C'est vrai ! Je suis allé boire un verre en ville, j'avais fini plus tôt. Elle était au bar, on a parlé dix minutes. Rien de plus. Je ne connais même pas son prénom. Pourquoi me demandez-vous ça ?

— Vous nous dites la vérité, monsieur Dréan ? Elle ne vous aurait pas remis un sac ? Essayez de vous souvenir. Je suis sûr que vous avez une bonne mémoire...

Le retour de Kezer détourna l'attention.

— Alors, où en êtes-vous avec M. Dréan ?

— Il cherche dans sa mémoire, je crois.

L'agent alla s'entretenir plus loin avec Kezer. Quelques minutes suffirent avant que le major revienne parler à Dréan.

— La police a arrêté plusieurs membres d'un réseau terroriste à Poitiers, il y a quelques jours. Elle a appris durant ses interrogatoires qu'un motard du Circuit de France aurait transporté des documents et des pièces d'identité lors du passage de la ligne de démarcation. Le signalement ressemble au vôtre. Si vous avez quelque chose à leur dire, faites-le maintenant. Avec ces gens-là...

— Mais je n'ai rien à voir là-dedans. Ils viennent de fouiller ma moto, y a rien. Dites-le-leur.

Dréan jura, insista.

Kezer et les policiers discutèrent encore à l'écart.

— Vous allez être reconduit à Lyon. Je suis désolé mais je ne peux pas intervenir.

Kezer baissa la tête et sortit. Une voiture l'attendait. Le peloton était déjà loin, il le rejoignit, il fallait prévenir Leulliot.

Dehors, la moto de Dréan était isolée sur le bord de la route.

— Je peux prendre des affaires ?

Le motard récupéra dans une sacoche un pull, son portefeuille et une écharpe, ses affaires étaient dans le camion de Maurice avec, heureusement, son calepin et des numéros de téléphone. Encadré par les agents, il monta dans la voiture, direction le sud et Lyon. Dans deux ou trois heures, il serait interrogé, il n'en doutait pas. Tout se mélangeait, il lui restait le trajet pour imaginer un alibi, un scénario, une défense. Et surtout penser à sauver sa peau.

Les coureurs et la caravane avaient déjà rejoint le centre-ville de Chalon pour un nouveau départ en ligne, sans être avertis du sort de Dréan. Même Oudart et l'autocar de la presse, retenus plus longtemps au poste, avaient tracé la route. Il restait quatre-vingts kilomètres à parcourir et l'envie d'en finir. Avant Nuits-Saint-Georges, neuf hommes s'éclipsèrent pour le final, c'était assez pour réveiller le suspense avant d'atteindre Dijon qui s'impatientait.

Là-bas, le vélodrome municipal ressemblait à une bassine avec sa courte piste en ciment, ses tribunes rondes projetant le spectateur juste au-dessus des coureurs et un public tassé dans les gradins. Avec l'imminence de l'arrivée, la bassine devint bouilloire. Dehors, la ferveur débordait sur les trottoirs. Les cinq derniers kilomètres se résumèrent à une longue traversée dans un corridor humain. Goutal, Bonduel, Carini, Louviot, Vlaemynck, Tassin et Goasmat, roue dans roue, le train d'échappés serpentait plein pot dans les faubourgs et s'engouffra dans le vélodrome. Il fallait un sprinter plus rapide, ce fut Albert Goutal, baroudeur de Dilecta et ancien champion de France. Trois minutes plus tard, tout le peloton avait posé le pied à l'arrivée. Il n'était pas 17 heures et les coureurs prirent le temps de recevoir l'hommage du public. L'annonce des résultats finit par étourdir tout le monde. Le Belge Joseph Van de Weghe était déclaré vainqueur individuel de la course par équipes du matin. Albert Goutal, premier de la demi-étape de l'après-midi, et Léon Level, vainqueur au classement général des deux rendez-vous du jour ! À vrai dire, le Circuit de France n'était plus à une surprise près. Il n'y avait pas eu de pluie, peu de stress, si peu de casse et un seul abandon. Une journée exceptionnelle ! La dernière soirée du Circuit de France s'annonçait douce.

L'organisation avait trouvé des chambres individuelles en quantité suffisante dans les hôtels. Enfin. Les coureurs, eux, dormiraient au lycée Carnot, comme les mécanos et les soigneurs. L'établissement possédait les dortoirs et le réfectoire pour accueillir tout le monde. C'est là qu'ils atterrirent en fin d'après-midi, moins nombreux que prévu.

Vingt-huit coureurs, ça ne prenait pas toute la place et les pensionnaires purent s'étaler. Un lit pour dormir, deux autres pour déposer les affaires. Le lavage d'un maillot, d'un cuissard ou d'une paire de socquettes était cette fois beaucoup plus facile. Le proviseur avait fait mettre des nappes sur les tables. Des carafes de vin, des fleurs.

— Plus on avance, plus on nous dorlote. Si on court encore une semaine, on va terminer dans un palace avec le maître d'hôtel à notre service.

Goasmat se servit un verre de vin. Détendu.

C'est exactement ce que dit au même moment Lucien Juy, l'industriel dijonnais, l'inventeur du dérailleur Simplex qui équipait presque tous les vélos de la course. Il avait convié la caravane dans la capitale bourguignonne à un dîner en l'honneur du Circuit ; il se tenait dans une salle de réception de son usine.

— Je suis ravi que nous puissions dîner tous ensemble pour célébrer cet événement et le passage de la course dans notre ville. C'est un grand moment de détente après tous les efforts consentis. À votre santé !

Organisation, officiels, commissaires, journalistes, il ne manquait presque personne. Seuls les mécanos étaient restés au chevet des vélos et les soigneurs, aux pieds des coureurs au lycée.

Occupés à leurs tâches mécaniques, Lucien et Fernand avaient appris l'arrestation de Dréan et s'inquiétaient.

— Je crois qu'il a été ramené à Lyon, avança Fernand. Un type de *La France socialiste* a entendu Kezer le dire à Leulliot.

La fouille de la camionnette par les Allemands et la présence de la police française, ça faisait beaucoup. Lucien et Fernand avaient pris le risque de transporter du matériel jusqu'à Poitiers pour leur réseau et deux réfugiés de Limoges à Saint-Étienne dans le Berliet de Maurice, mais qui pouvait le savoir ?

— Faut questionner Leulliot.

Lucien, en s'essuyant les mains sur un torchon déjà sale, voulait le faire tout de suite mais le directeur de course était au banquet Simplex.

— Demain on part aux aurores, ce sera compliqué.

La discussion se poursuivait quand Georges Briquet entra dans le grand vestiaire du vélodrome où les mécanos trimaient.

— Bonsoir, messieurs. Les gars du téléphone sont partis ?

La voix de la Radio nationale avait le sifflet coupé. Pas de connexion à l'hôtel, il se rabattait sur le lycée. Pas mieux. Au vélodrome, le standard éphémère avait déjà été démonté. Briquet l'était lui aussi.

— Et si vous demandiez aux Allemands ?

La question de Lucien surprit tout le monde.

— Bah oui, ils ont voulu le Circuit. Si vous allez à la Kommandantur, ils pourront peut-être vous aider. De toute façon, il n'y a que là que c'est ouvert.

Briquet, droit dans son grand manteau beige, s'illumina.

— Excellente idée. Vous pouvez m'emmener ?

Lucien saisit aussitôt l'opportunité.

— Bien sûr. Tu viens avec moi, Fernand ? Monsieur Briquet, on vous accompagne.

Dix minutes plus tard, le trio entrait dans la cour de la Kommandantur. Avec les *Ausweis*, le phrasé de Briquet et la recommandation du major Kezer, la situation se débloqua.

À 21 h 45, Briquet, installé dans un bureau du rez-de-chaussée, prit l'antenne. « Bonsoir, chers auditeurs ! Ce soir, nous sommes à Dijon... » La voix résonnait jusqu'au hall où Lucien et Fernand s'étaient repliés.

— Vous êtes de la course cycliste ?

La remarque s'adressait aux deux mécanos. Le planton de service, assis à son bureau, se leva.

— C'est bien ça ?

Ils répondirent que oui.

— Vous n'êtes pas des coureurs, non ?

Fernand montra son tour de taille pour seule réponse.

— J'aurais besoin d'appeler moi aussi à Paris, tenta Lucien.

Le soldat de permanence lui fit signe d'aller dans le bureau en face.

— Ah, les journalistes, ils ont toujours besoin de parler.

Lucien sourit en écartant les bras et s'empressa d'aller téléphoner. Trois minutes plus tard, il ressortait. Fernand arrêta son compère.

— T'es malade ou quoi ?

— Mais non, je t'expliquerai. Regarde, le central du téléphone est là. Personne n'écoute les communications des Allemands, surtout à cette heure. J'ai eu la ligne directement.

L'écho de la voix de Georges Briquet interrompit leur échange.

« Je vous souhaite une bonne nuit, chers auditeurs. Et demain, nous nous retrouvons en direct du Parc des Princes. » Il rendit l'antenne, ravi.

— Un grand merci, les gars. C'était parfait. Une émission en direct de la Kommandantur, ça, je vais m'en souvenir.

Lucien et Fernand n'ajoutèrent rien et reconduisirent le radioreporter à son hôtel. Dans leur chambre au lycée, Fernand pressa à nouveau Lucien de lui en dire plus.

— J'ai prévenu le réseau à Paris. Ils vont se renseigner sur la situation de Dréan. On en saura davantage demain.

En fin d'après-midi, Dréan et son escorte étaient arrivés dans le commissariat central de Lyon et le motard avait été placé à l'isolement dans une pièce pendant que l'un des trois policiers rédigeait le rapport d'arrestation pour les services de René Cussonac, le chef de la sûreté lyonnaise.

Avant 20 heures, on vint le chercher.

— Allez, tu pars à Montluc. Fini la vie de château de ta course cycliste. La prison, c'est pas l'hôtel.

Dréan ne répondit pas. On lui passa les menottes. Il ferma les yeux et soupira. Il ne découvrirait pas le Parc des Princes demain…

9

Le Parc des Princes pour finir avant l'oubli

6e étape : Dijon – Paris
Dimanche 4 octobre 1942

— Il ne manquait plus que ça !

Jules Rossi n'avait pas encore enfilé son maillot et regardait par la fenêtre du dortoir. Du troisième étage, la vue ne portait pas plus loin que la première rangée d'arbres dans la cour, effacée par un épais brouillard. La pluie, le vent, le soleil et maintenant le brouillard, la météo rappelait qu'on était en automne, début octobre.

— Ça ne donne pas envie.

Urbain Caffi avait récupéré son maillot séché et, comme le reste de la troupe réveillée avant 5 heures du matin, il bouclait sa valise. Le Circuit de France entamait sa dernière journée de travail. De Dijon au Parc des Princes, les trois cent cinquante-huit kilomètres annoncés prédisaient un long dimanche d'endurance avec, au minimum, dix heures sur la selle. Une tannée !

Chacun exécuta ses gestes matinaux sans élever la voix. Les mécanos alignèrent les vélos, les directeurs d'équipe enfilèrent leur paletot. Les coureurs avalèrent le petit déjeuner sans jeter un coup d'œil au contenu des musettes qu'ils embarquaient.

— Ce soir, on est à Paris.

Pour Van Herzele et Van Espenhout, coéquipiers belges de François Neuville, la promesse tenait de la délivrance. Ils en finirent avec les préparatifs, le remplissage des bidons, le réglage des cale-pieds, la tension du câble de dérailleur, le pouce que l'on presse sur le boyau. Puis la procession silencieuse quitta le lycée pour rejoindre le contrôle de départ, route de Beaune.

— On ne voit rien.

Léon Level avait pris soin de revêtir un imper de sa propre confection : un poncho en toile cirée, serré à la taille par un gros élastique. Pour circuler dans les rues de Dijon, les lumières des camionnettes et voitures éclairaient faiblement les cyclistes. En tête du convoi, un commissaire, assis à l'arrière d'une moto, agitait un drapeau à chaque carrefour. Quelques minutes suffirent pour atteindre le départ. Jean Leulliot et les commissaires attendaient déjà sur la ligne.

— Le départ était prévu à 6 heures mais, compte tenu des conditions, nous roulerons en convoi jusqu'à ce que le jour se lève. Quand on jugera qu'il n'y a aucun risque, on partira.

Personne n'entendit Boudard ajouter que c'était « comme ça et pas autrement », mais tous l'avaient compris.

Après une demi-heure de circulation à tâtons, on vit poindre une lueur à l'est. La promesse de l'aube disait sans doute un départ imminent. La course avait consommé vingt-quatre petits kilomètres, le tout en trois quarts d'heure. Il en restait trois cent trente-quatre ! Les chronométreurs descendirent leur matériel, on installa une table et le nécessaire pour procéder aux opérations officielles de pointage. Ce fut suffisant pour que chaque coureur rectifie la position. François Neuville, lui, dérapa au ralenti, surpris par l'écart d'un coéquipier. Bilan : une fourche cassée. Le temps de s'affoler, le peloton et le Belge atteignaient la ligne de départ improvisée. Une aubaine pour Neuville. Son entraîneur avait jailli avec un nouveau vélo sorti d'une camionnette, le mécano récupéra la selle et le guidon sur la monture accidentée et installa les pièces sur celle de rechange. En trois réglages, la réparation fut menée à terme dans un temps record et le leader entendit Boudard annoncer le départ.

— Désolé mais je ne pars pas.

Gabriel Ruozzi était appuyé contre la voiture de son directeur. Tête basse, veste sur les épaules.

— J'ai pris un coup de froid.

Le coureur de Mercier n'en dit pas plus avant de monter dans le véhicule avec la triste mention d'être le quarante-deuxième et dernier abandon de la course. Personne ne fit attention à son renoncement, et sûrement pas Neuville, remis en selle. Quand le drapeau s'abaissa, vexé, le coureur liégeois sprinta et, dépassant le peloton, fila. Sa fuite ne dura qu'une vingtaine de kilomètres mais elle résumait la grande frayeur qui avait habité le leader.

Repris, le coureur d'Helyett ne put s'empêcher de sourire quand, revenu à sa hauteur avec la voiture, André Trialoux l'interrogea sur cette fugue matinale.

— Laisse-les faire le boulot. Tu restes au chaud dans le peloton, ne va pas te casser la gueule.

La bagarre était promise aux autres. Génial Lucifer contre Dilecta. Thiétard face à Caput. En jeu, le classement par équipes, la place de deuxième au général qui se disputait dans un ramassis de secondes entre les deux coureurs. Ils avaient plus de trois cents kilomètres pour s'expliquer.

Dans son camion, Maurice Cressenssac avait conservé veste en cuir et béret blanc sur lui. Pas réchauffé. Il n'avait jamais été aussi proche de Paris après avoir failli tout abandonner la veille. À bout de forces, son Berliet avait calé avant le vélodrome dijonnais. En hoquetant, le camion avait pu atteindre le lycée Carnot avant de cesser le travail : panne de gazogène. Remplir les réservoirs en fin d'étape ou à mi-parcours relevait du parcours du combattant. Parfois il fallait effectuer près de cent kilomètres pour récupérer du carburant, notamment en zone occupée. Jusqu'à Dijon, le Berliet avait évité l'incident, et puis, boum ! le coup de la panne.

Il avait fallu l'intervention conjuguée d'Oudart, du concierge du lycée Carnot et d'un maréchal des logis de la gendarmerie locale pour résoudre la crise. Un miracle. Oudart avait une camionnette ; le concierge, un beau-frère garagiste à Gevrey-Chambertin ; et le gendarme, les attestations en cas de retour nocturne. L'aller-retour et la réparation du gazogène défectueux avaient pris du temps mais à 22 heures, de retour au lycée, Maurice avait réinstallé le réservoir et fait le plein. En croisant Fernand et Lucien revenus de la Kommandantur, il avait appris l'arrestation de Dréan.

Ce matin-là, Maurice n'était pas le seul à être pressé d'en finir. Maintenant qu'il faisait jour, tout le peloton s'était débarrassé des impers et jambières, de l'obscurité matinale et de la prudence. La course filait vers Châtillon-sur-Seine en réveillant des bourgs endormis à coups de klaxon quand un quatuor décida du sort de l'étape. Rossi, Louviot, Tassin et Carini démarrèrent devant le peloton. Quatre hommes et aucun prétendant à figurer dans les premières places du classement général. Il restait un peu moins de trois cents kilomètres à parcourir, une broutille...

Avec un vent favorable, les échappés et leur appétit d'ogre traversèrent bientôt la Champagne et des villes où, de plus en plus nombreux, le public se pressait. À Troyes, ils portèrent leur avance à plus de dix minutes et leur passage dans le centre-ville ne fut qu'une longue ovation. À Sens, ils progressaient encore. Plus rien ne leur était interdit.

— Au Parc des Princes, ils seront des milliers. Des milliers, Günther !

Leulliot étouffait de satisfaction en s'adressant à Kezer. L'Allemand regardait le paysage champenois défiler sous un ciel gris. Les deux hommes avaient abordé le cas Dréan tôt ce matin-là et le major avait promis de s'informer plus tard. Le Circuit de France n'avait plus que quelques heures à courir. C'était ça, la priorité.

À hauteur de Varennes-sur-Seine, on sut que les fuyards ne seraient pas repris. Il restait moins de cent kilomètres et le parcours allait retrouver les routes d'Île-de-France dont chaque échappé connaissait le relief, les pièges, les endroits pour relancer. La course-poursuite lancée par le peloton n'avait aucune chance de combler son retard.

Caput et Thiétard s'épiaient, Neuville se protégeait, et les autres assuraient le train.

Jules Rossi fut le premier à céder. En traversant Orly, le coéquipier d'Émile Idée s'aperçut que son boyau arrière était percé. Un bref arrêt, trois coups de pompe, il fallait davantage pour le faire céder. Rossi retrouva les trois autres avant de descendre vers Versailles où, six jours auparavant, tout le peloton était passé dans l'autre sens, lancé vers Le Mans et l'inconnu. Quand ils attaquèrent la côte de Picardie, la dernière rampe vers Ville-d'Avray, il suffisait de lever les yeux pour être impressionné par la ferveur du public, parfois descendu sur la chaussée. Le suspense s'accélérait.

La tête de course, collée par une petite meute de véhicules, entra par effraction dans Saint-Cloud, dévala la côte vers le pont de Saint-Cloud et s'infiltra sans retenue dans Boulogne-Billancourt par l'avenue de la Reine, la dernière longue ligne droite pour atteindre le Parc.

Au bout, le vélodrome tournait à plein régime depuis le début d'après-midi. Plusieurs réunions avaient attiré la foule, des hors-d'œuvre avant l'arrivée du Circuit de France. La sono tapait fort, le public applaudissait et quand le speaker annonça l'arrivée imminente des échappés, l'ambiance explosa.

Tête tournée vers l'entrée, les spectateurs virent d'abord surgir le maillot violet de Louviot et celui, grenat, de Tassin, côte à côte. Un dernier duel pour un dernier tour de piste. Sans Carini qui avait cédé du terrain, ni Rossi, condamné à gonfler encore son boyau. L'empoignade sur le ciment rose tourna à l'avantage du sprinter de Mercier. Neuf heures et treize minutes pour rejoindre le Parc, jamais une étape du Circuit de France n'avait été aussi longue.

— Ça fait du trente-six kilomètres-heure de moyenne !

Machurey calcula à toute vitesse après l'exploit du quatuor de tête. Avant que les vingt-trois autres cyclistes pénètrent à leur tour dans le Parc, le compte était bon mais il ne vit pas le peloton groupé qui enchaînait son dernier tour de piste. Au milieu, le maillot zébré noir et blanc de Neuville recevait les tapes amicales de ses coéquipiers. Le Circuit de France avait bouclé son petit Tour de France.

Louviot et Tassin, les sprinters de l'étape, puis Neuville, le vainqueur du classement général, et enfin les rescapés de Génial Lucifer, lauréate du classement par équipes, s'offrirent un tour d'honneur et l'ovation du public du Parc. Et d'autres encore, épuisés par une semaine d'automne dont ils ne savaient encore si elle appartiendrait à la légende ou à l'oubli. Le classement final fut affiché : 1er, François Neuville, 45 h 32 min 9 s ; 2e, Louis Thiétard à 5 min 23 s ; 3e, Louis Caput à 5 min 31 s. Et suivirent Frans Bonduel, Léon Level, Albertin Dissaux, Raymond Louviot, Jean-Marie Goasmat, Émile Idée et Georges Guillier pour clore la liste des dix premiers. Ils terminaient ce tour de force à vingt-sept.

— C'est un record d'affluence, regarde. On n'a jamais vu ça.

Noël Brisseau vibrionnait sur la pelouse centrale. Tout le personnel de *La France socialiste* avait été invité au final. On croisait aussi des élégantes, des messieurs en chapeau, d'autres en képi.

Peu à peu, le Parc finit par se vider par petites grappes humaines. Les coureurs, après la douche des vestiaires, récupérèrent rapidement leur paquetage. Une ultime obligation était inscrite au programme avec le passage au palais Berlitz, à côté du siège de *La France socialiste*. Le quotidien y offrait un vin d'honneur. Retour à la case départ. Beaucoup zappèrent le rendez-vous mais quand Neuville et quelques coursiers descendirent de voiture, rue Louis-le-Grand, la chaussée était déjà envahie par des centaines de spectateurs.

L'entrée du champion belge fit sensation. Le vainqueur, en costume et accompagné de ses coéquipiers, tendit à bout de bras son maillot zébré à la foule. À l'intérieur du hall, la cohue tournait à la kermesse.

Devant les marches d'un grand escalier, Noël Brisseau bavardait avec deux jeunes femmes. Il ne vit pas arriver les deux hommes qui se plantèrent devant lui. Le plus grand lui pointa le doigt sur l'épaule.

— C'est toi, Brisseau ?

Surpris, le reporter ne répondit pas. Dans le brouhaha, il fallait parler plus fort. L'homme haussa le ton en posant à nouveau son doigt sur le journaliste.

— C'est toi ? T'as bien une gueule de balance.

Les deux jeunes femmes s'écartèrent, personne ne prêta attention à la scène. Plus loin, on trinquait au « formidable succès » du Circuit de France.

Brisseau était mal à l'aise face aux deux gaillards, ne sachant ce qu'ils lui voulaient.

— Tu mériterais que je te casse la figure mais tu vas juste fermer ta gueule.

— Qui êtes-vous ? Mais que me voulez-vous ?

Brisseau, un brin affolé, cherchait dans la foule un regard, quelqu'un qui viendrait l'aider. Personne.

— T'as pas besoin d'aide. Tu ne te rappelles pas ?

Le plus petit des deux individus, mais le plus large d'épaules, lui posa la paume sur la poitrine.

— C'est toi qui as dénoncé Louviot, Idée et les autres l'an dernier quand ils sont allés courir dans le Sud. Ça te parle ?

Brisseau fronça les sourcils, pourquoi parler de ça aujourd'hui ? Il avait enfoui cet épisode et tout remontait maintenant. Il entrouvrit la bouche...

— Tais-toi. On sait que c'est toi, on a les preuves. Alors tu n'approches plus les coureurs, sinon... Ici, t'es protégé mais dehors... Maintenant, on ne veut plus te voir sur une course. Jamais. Sinon on leur dit à tous ce que tu as fait.

D'un geste large, il montra la foule. Brisseau ne bougea pas quand les deux hommes s'éloignèrent.

Arrivé sur le boulevard, le plus grand entra dans une brasserie et demanda à téléphoner.

— Allô ? Tafani ? C'est Ange. Oui, on a vu ton gars. Quelle lopette !

— J'étais sûr que c'était lui !

Assis à son bureau, dans la rédaction du *Petit Provençal* à Marseille, le journaliste serra le combiné. Après l'incident de Clermont-Ferrand où il avait reçu un coup de poing de Brisseau, il en avait parlé au téléphone à Félix, un ami et dirigeant d'un club de vélo et du comité provençal de la Fédération. À l'évocation du nom de Brisseau, celui-ci avait tiqué.

— Le nom me rappelle quelqu'un mais c'était pas un journaliste. Faudrait que je me renseigne. L'an dernier avant la Flèche du Rhône, un type du commissariat aux Sports à Vichy nous avait informés que des coureurs de la zone occupée avaient rejoint Avignon sans autorisation. On leur a interdit le départ, ils ont été suspendus. Après ils ont eu des ennuis et même fait de la prison à Paris. Y avait Idée et Louviot dans le groupe, des cadors quand même… Mais non, le gars était un fonctionnaire de Vichy.

Tafani en serait resté là si, au soir de la journée de repos à Saint-Étienne, la veille de son retour à Marseille, il n'avait pas discuté avec des confrères de *L'Effort*, le quotidien lyonnais. La conversation avait dévié sur Brisseau, son agresseur. Tafani avait alors appris que le Parisien n'était devenu journaliste qu'en fin d'année. Au printemps 1941, il travaillait à Vichy… au commissariat aux Sports. Troublant. De retour à Marseille, il avait rappelé son ami avignonnais. Une heure plus tard, il avait confirmation. C'était bien un dénommé Brisseau, se réclamant du commissariat aux Sports, qui s'était présenté comme ça au téléphone, arguant de sa fonction, et qui avait prévenu les organisateurs de la Flèche du Rhône.

— Mon copain se souvient bien du nom car le gars lui avait fait la morale, conclut Félix.

Le dimanche midi, le journaliste marseillais avait appelé Ange Pugliese, son cousin installé à Joinville, ancien de la marine marchande et toujours prêt à « rendre service ». En dix minutes, il lui avait expliqué la situation. À 17 heures, Ange, accompagné d'Alain, ancien cycliste de Bayeux reconverti en gardien de musée à Paris, était dans une tribune du Parc pour repérer le reporter. Deux heures plus tard, ils étaient entrés dans le hall du palais Berlitz à la recherche de Brisseau et l'avaient trouvé.

Loin de l'agitation du quartier de l'Opéra, le Parc des Princes effaçait les dernières traces de l'arrivée du Circuit de France. Dans le parking derrière une tribune, déserté à l'exception de quelques véhicules militaires allemands entreposés là en permanence, Maurice Cressenssac vidait son camion quand Lucien, le mécano, lui mit une main sur l'épaule.

— T'aurais pas une petite soif, Maurice ? On l'a bien méritée, non ?

Maurice se mit à rire.

— T'as raison.

Lucien le conduisit vers des portes basses sous la tribune présidentielle. Il y avait celle du poste de secours, la deuxième pour l'accès aux services techniques et une troisième sans panneau dessus. La bonne.

— Tu sais pourquoi ces véhicules allemands sont là ?

Maurice s'interrogeait en marchant.

— Ce sont ceux de l'unité SS qui a réquisitionné le lycée Claude-Bernard, à côté.

Le grand bâtiment était devenu une caserne depuis le début de l'Occupation. La SS ? Cressenssac tiqua.

— T'inquiète pas. C'est juste un parking pour eux. Entre, Maurice.

Lucien ouvrit la porte. La pièce, basse de plafond, était allumée. Le chauffeur aperçut la table. Debout, à côté, Fernand le regardait. Maurice resta sur le pas de la porte.

— T'as pas soif, Maurice ?

Le mécano avait saisi une bouteille de bourgogne blanc et lui versa un verre.

— Montrachet 1934. Il n'y a pas que toi qui as des adresses. Goûte-le.

D'un coup, la pression retomba. Cressenssac leva son verre et y porta ses lèvres. Il aurait voulu trouver des mots. Rien ne vint.

— Je te dois bien ça.

Fernand enchaîna :

— Sans qu'on te le demande, tu nous as dépannés, merci.

Lucien s'était rapproché.

— On s'est un peu servi de toi.

Maurice ne savait quoi répondre. Le mécano poursuivit :

— On s'était renseignés sur toi avant la course quand tu as été candidat comme chauffeur. On sait que ton frère a rejoint l'Angleterre après l'armistice. On avait besoin d'un moyen de transport, il fallait être sûr du chauffeur. On a misé sur toi mais on ne t'a rien dit.

Cressenssac n'avait pas encore vidé son verre. Il cherchait à comprendre.

— Si je t'ai demandé de nous descendre avec Fernand en ville au Mans, ce n'était pas le hasard, expliqua Lucien. On craignait d'être suivis ou contrôlés le premier soir. On avait un rendez-vous important. Fallait pas se louper. Avec ton camion et les laissez-passer, tout roulait.

Sans que Maurice s'en doute, son camion, en une semaine, avait transporté une petite presse et du matériel d'impression, des rames de papier, deux réfugiés.

— Mais pourquoi vous ne m'avez rien dit ?

Maurice restait incrédule.

— Pour que tu aies la trouille pendant une semaine ?

Lucien parlait doucement.

— Le matin du départ au Mans, j'ai découvert par hasard ce que tu avais acheté. T'inspires confiance aux Allemands, Maurice ! Les deux personnes qui ont voyagé de Limoges à Saint-Étienne, c'était pas prévu mais t'as pas eu de problèmes, non ?

Maurice vida son verre et s'en servit un autre.

— Ça me fout la trouille maintenant !

— À Lyon, on aurait dû récupérer du matériel. J'ai refusé car j'avais un mauvais pressentiment. Regarde, on a été contrôlés au passage de la ligne. Et t'as vu ce qui est arrivé à Dréan.

La journée n'avait pas apporté plus d'infos sur le sort du motard.

— Il y a un vin d'honneur à *La France socialiste* demain midi pour tous les suiveurs du Circuit. On en saura peut-être un peu plus. Ça ne sert à rien de s'attarder ici.

Ils quittèrent la pièce en silence.

Jean Leulliot, après le palais Berlitz, rentra vite à son bureau de la rue de Gramont pour rédiger son article. René Château, le directeur de la réaction, l'attendait avec un secrétaire de rédaction. Ils posèrent un « monstre » de la une sur la grande table.

— On met une photo de Laval et les officiels, et son message. En dessous, une photo du Parc, une autre de l'accueil chez nous, et ton papier commence. D'accord ?

Le rédacteur en chef de la rubrique sportive ne contesta pas.

Une heure plus tard, son texte était prêt pour l'imprimerie de la rue du Croissant.

« Ah ! la foule… Quand nous l'avons vue au Parc écraser de sa tache noire les virages et les tribunes, tout, soudain, s'est estompé. Le ciel était gris, mais il nous paraissait clair. Les coureurs étaient éreintés, mais ils nous semblaient roses et alertes… »

Leulliot dressait l'éloge de son œuvre et son final au Parc des Princes. Il citait les péripéties de la semaine écoulée comme autant de faits d'armes. Sous sa plume, toute erreur devenait un acte de bravoure. Six autres envoyés spéciaux de *La France socialiste* épanchaient dans les mêmes colonnes leur fierté et leurs états d'âme. Il ne manqua ni les louanges et les portraits des champions, ni les critiques adressées aux confrères jugés trop frileux, ni les bilans revus à la hausse. Un triomphe à la hauteur de l'encouragement du président Laval, mis en exergue en haut de page dans un large encadré en gros caractères :

« Je vous félicite d'avoir entrepris cette tâche, comme je félicite ceux qui, par leurs efforts, vous ont permis de la mener à bien. L'initiative que vous venez de prendre en faisant disputer le Circuit de France est justifiée par les applaudissements que vous avez recueillis sur les routes de zone occupée comme de zone non occupée. Ces applaudissements sont une manifestation des liens qui attachent l'une à l'autre. »

Il était temps de donner la copie aux linos et de faire tomber le plomb dans l'atelier. L'encre allait imprimer l'histoire. Il faisait nuit.

D'un lundi à l'autre, ce matin-là, la rue Louis-le-Grand avait perdu de sa superbe. Descendue, la banderole tendue au-dessus de la chaussée. Disparue, la foule qui se pressait encore la veille au soir. La proposition d'un vin d'honneur pour les suiveurs, à la mi-journée dans le hall du palais Berlitz, portait l'idée que la fête ne s'arrêterait jamais. La rédaction de *La France socialiste* s'y présenta. Quelques confrères parisiens aussi. *L'Auto*, qui avait relégué en bas de sa une le compte rendu du final au Parc, avait adressé deux reporters discrets. Château, dès qu'il aperçut les confrères du quotidien sportif, cracha son venin.

— Jusqu'au dernier jour, vous n'aurez pas cru à la réussite du Circuit. Pourquoi M. Goddet ne vient-il pas ce midi lever un verre avec nous ?

Le directeur de la rédaction continua de distribuer ses bons et mauvais points aux divers reporters qu'il apercevait. Leulliot lui laissa le soin de régler les comptes, il attendait d'autres invités. Bientôt le major Kezer se pointa et tout le cortège des suiveurs, masseurs, entraîneurs, directeurs d'équipe, mécanos, chauffeurs. Ils étaient partis à deux cents de Paris une semaine plus tôt, ils n'étaient pas cent dans le hall ce midi. Lucien, Fernand et Maurice se tenaient parmi eux.

Leulliot fut le premier à prendre la parole, entouré de ses reporters. Il parla des jours passés et de l'avenir à écrire, du Circuit de France 1943. Mais il n'était pas lancé pour un long discours et leva vite un verre au succès de l'épreuve. La semaine l'avait éreinté comme s'il avait couru lui-même les mille six cents cinquante kilomètres. Avant de se quitter, un photographe insista pour un cliché.

— Jean, avec tous les envoyés spéciaux, regroupez-vous, s'il vous plaît.

Il ne fallut pas une minute pour que tous s'alignent sur les marches de l'escalier. Tous sauf un. Noël Brisseau n'était pas là. Sans explication.

Lucien, verre en main, s'approcha des autres mécanos.

— J'aurai des infos cet après-midi.

Maurice ne savait quoi dire.

— C'est grave ?

Les visages fermés de ceux qui l'entouraient lui servirent de réponse.

Le lendemain, le chauffeur-livreur, prêt à l'emploi, salua le contremaître en arrivant tôt à l'entrepôt de Chatou et récupéra sa feuille de route.

— Tu poses les éviers chez Giraudy à Romainville et au retour t'as trois caisses à reprendre à la robinetterie Maizetti à Saint-Maur. Traîne pas, Maurice. C'est fini les vacances.

Maurice leva les yeux au ciel.

Le Berliet cracha de la fumée en quittant la cour et fila. Un quart d'heure plus tard, Maurice s'arrêtait devant son pavillon à Houilles. Janine, sa femme, l'attendait avec un carton emballé dans de la toile de jute. Maurice fit vite redémarrer son moteur. À l'arrêt suivant, il était dans la rue de la Lanterne à Saint-Ouen et sonna à la porte du numéro 17.

Un homme en salopette et veste de laine ouvrit. Il portait des chaussons.

— Bonjour, je suis Maurice. Vous êtes Gérard Massicot ?

L'homme fit un signe de la tête.

— J'ai rencontré votre frère Jean-Paul à Saint-Étienne, la semaine dernière.

Il tendit son carton et sa grosse main droite.

— Jean-Paul va bien. C'est pour vous. Prenez soin de vous.

Avant que Gérard, interloqué, découvre dans le carton trois saucissons emballés dans du papier journal, un quart de jambon roulé dans un torchon et trois bocaux de flageolets, Maurice lui adressait un geste de la main et fit demi-tour. Le quotidien reprenait.

Mardi matin, Lucien Courtial reçut enfin des nouvelles de Pierre Dréan. Il apprit que le jeune Breton avait été incarcéré à la prison de Montluc et avait déjà été interrogé au moins deux fois.

— Tant que c'est la police de Vichy qui s'occupe de lui, c'est peut-être mieux ?

Fernand avait rejoint Lucien pour déjeuner à Saint-Ouen.

— Tu crois que la Gestapo peut essayer de le récupérer ? Si Pierre parle, la police va peut-être s'intéresser à toute la caravane.

Lucien se pinçait le bout du nez en réfléchissant.

— J'ai expliqué la situation à des gens à Lyon, ils pourraient peut-être faire quelque chose.

Le quatrième jour de détention, Pierre Dréan fut à nouveau sorti de sa cellule à Montluc pour être interrogé au palais de justice, cette fois. Le motard arborait un hématome à l'œil droit, près de l'arcade. Les policiers qui le questionnaient lui avaient encore parlé de Poitiers, de Maguy, des documents. Il avait maintenu sa version.

— Dès que la police de Poitiers nous aura envoyé son rapport, on confrontera tout ça. Tu seras peut-être transféré là-bas à moins que la Gestapo se charge de toi à Paris. Réfléchis bien.

Il écoutait à peine ce que lui murmurait l'agent assis à côté de lui, à l'arrière du fourgon qui pénétrait maintenant dans le dédale de rues de la presqu'île. Ils étaient quatre détenus et un seul gardien ce matin. Le second était au volant.

Le coup de freins soudain faillit faire chuter de leur banquette les prisonniers. Ils entendirent des cris et la porte arrière s'ouvrit. Deux hommes braquaient le policier avec leur mitraillette.

— Tu bouges pas !

Le fonctionnaire leva les mains par réflexe, les quatre détenus descendirent. Suivant le jeune homme en blouson devant lui, Dréan se mit à courir avec ses mains menottées. Avant qu'il entende au loin des coups de sifflet, les fuyards avaient gagné les traboules au pied de la Croix-Rousse. Un escalier, une cour, un passage abrité, encore une cour, un coin de ciel aperçu, des marches et toujours courir. En dix minutes, ils s'étaient évanouis dans Lyon. Libres. Dréan, assis dans la cuisine de l'appartement où il avait finalement échoué, haletait en souriant.

— C'est toi, le motard des cyclistes ?

Le jeune homme avait posé son arme et lui tendit un verre d'eau et sa main.

— Joël. J'ai été champion de la Loire en juniors, il y a cinq ans. J'aurais aimé être pro mais c'est un autre niveau…

Dréan ferma les yeux.

En rentrant de sa journée à l'atelier de Joinville, Lucien vit une enveloppe posée dans sa boîte aux lettres. Le message tenait en peu de mots.

« Tu manques à tes amis lyonnais. »

Le mécano avait passé la journée à préparer les vélos Dilecta pour la Poly de Chanteloup-les-Vignes, le dimanche, et chassé momentanément de ses pensées le sort de Dréan. Il rejoignit directement le café de la rue des Pyrénées où il avait ses habitudes. On l'attendait.

— Ton motard est à l'abri.

Jean, comptable et membre du même réseau que Lucien, lui raconta l'évasion.

— Il était dans un fourgon avec trois autres gars pour un transfert au palais de justice, mercredi. Dans le lot, il y avait un chef de réseau mais la police ne le savait pas encore. Ses gars ont fait diversion en faisant sauter une péniche sur les quais du Rhône. Il n'y avait que deux agents pour l'escorte, ça s'est passé sans problème. Maintenant Dréan est en sécurité. Je ne sais rien d'autre si ce n'est qu'il fallait agir vite.

Lucien souffla et remercia Jean avant de repartir, léger, chez lui.

De jour en jour, on parlait moins du Circuit de France dans la presse et de plus en plus de la saison sur piste qui s'ouvrait au Vél d'Hiv à la mi-octobre. L'anneau de vitesse de la rue Nélaton avait subi un « coup de peinture » après les jours d'internement des milliers de Juifs en juillet et rouvert en septembre avec une corrida, puis un gala de boxe avec Marcel Cerdan et maintenant les cyclistes. C'était reparti pour quelques tours.

Début novembre, Lucien recroisa Jean.

— Dréan a pu vite rejoindre l'Angleterre, raconta le comptable. Il a eu de la chance car à Lyon la police intensifie la répression. C'est de plus en plus compliqué de correspondre avec eux. L'ancien préfet de Chartres, Jean Moulin, aurait été envoyé par Londres là-bas pour organiser la Résistance en tout début d'année.

Il n'en dit pas plus.

Le 11 novembre, Noël Brisseau paradait dans son nouveau bureau de l'hôtel de Grignan à Vichy. En début d'après-midi, il attendait ses cartes de visite portant la mention « Conseiller spécial au secrétariat à la propagande ». Grâce à une relation de son père, le journaliste avait trouvé cet emploi au ministère de l'Information, après avoir adressé sa lettre de démission à Jean Leulliot pour « raisons personnelles ». Personne ne sut lesquelles. Redescendu à Vichy, là où est « la vraie France », répétait-il à l'envi, il redécouvrait tout le pouvoir que lui donnait le fait d'être assis à un bureau. Il en jouissait.

Un secrétaire entra sans frapper dans son bureau.

— Le président Laval convoque tous les ministres et les cabinets. Réunion d'urgence.

On venait d'apprendre que les troupes allemandes envahissaient la zone sud en réponse au débarquement des alliés en Afrique du Nord trois jours plus tôt.

Ce matin-là, Émile Idée et Paul Maye, avec pull en laine et jambières, attaquèrent pour la troisième fois la montée du Pré-Saint-Gervais. Le champion de France raffolait des boulevards parisiens pour s'entraîner et la paire préparait son prochain rendez-vous au Vél d'Hiv le dimanche.

En gare de Firminy, dans la Loire, Pierre Dréan acheta son billet de train pour Lyon. Cinq jours après son parachutage à Montrond-les-Bains et sa planque dans la vallée de l'Ondaine, le motard avait rendez-vous avec Louis, son contact établi avec un réseau lyonnais. Sitôt arrivé à Londres et débriefé par les services secrets français, il avait demandé à retourner en France pour « se battre ». Où ?

— À Lyon !

Il s'y rendait ce jour-là.

En fin d'année, le major Kezer ne chercha pas d'excuses au téléphone pour annuler son rendez-vous avec Jean Leulliot.

— Compte tenu de la situation, vous comprendrez, cher Jean, que je ne sois pas disponible.

Le journaliste tenta quand même.

— Il serait bon de se voir assez vite pour les dates du Circuit de France. On va bâtir le calendrier de la saison 43 et...

— Oubliez ça, Leulliot, trancha Kezer. Tout change maintenant.

Leulliot entendit le clic. Il avait compris. Une affiche du Circuit de France était encore accrochée dans son bureau. Il la regarda et reposa le combiné. Le Circuit de France venait de rendre l'âme. À la guerre comme à la guerre...

Épilogue

Le 11 novembre 1942, en réponse au débarquement allié en Afrique du Nord survenu le 8 novembre, l'armée allemande envahit la zone non occupée. De fait, la ligne de démarcation n'avait plus de fonctions réelles. Elle fut définitivement supprimée le 1er mars 1943.

Au début de cette même année, l'Occupant allemand interdit les courses à étapes en France. Le projet d'un nouveau Circuit de France fut définitivement abandonné, les difficultés rencontrées au cours de l'édition de l'automne 1942 ayant déjà discrédité son organisation.

Un an après la Libération, en juillet 1946, deux courses à étapes, se réclamant du Tour de France, furent programmées au début de l'été : la Ronde de France, en cinq étapes de Bordeaux à Grenoble avec des équipes professionnelles, soutenue par le quotidien communiste *Ce Soir*, et une seconde, organisée par *L'Équipe* et *Le Parisien Libéré*. Elle se courrait de Monaco au Parc des Princes, en cinq étapes également, avec des équipes nationales et régionales.

À qui revint le droit d'organiser le retour du Tour de France ? En juin 1947, la question fut tranchée par le commissaire du gouvernement. *L'Équipe*, successeur de *L'Auto* dès février 1946 et toujours dirigé par Jacques Goddet, récupéra son bien. Jean Robic remporta cette première édition d'après guerre, la trente-quatrième du nom depuis 1903. Le Tour effectua quatre mille six cent quarante-deux kilomètres en vingt et une étapes. Presque trois fois la distance du Circuit de France… À fond !

Que sont-ils devenus ?

Émile Idée

Le coureur a poursuivi sa carrière professionnelle une dizaine d'années après le Circuit de France. En 1947, il est redevenu champion de France sur route puis a gagné une étape du Tour de France, celle entre Toulouse et Nîmes, sa seule victoire dans cette épreuve qu'il a courue trois fois entre 1947 et 1949. En 1952, il a quitté les pelotons. Il est devenu agent et concessionnaire pour les marques Solex et Motobécane. En parallèle, il s'est passionné pour les courses hippiques et a entamé une carrière de driver amateur. En juillet 2020, la Fédération française de cyclisme l'a honoré à l'occasion de son centième anniversaire. Nos différentes rencontres entre 2020 et 2022 sont à l'origine de l'écriture de cette fiction, nourrie de ses souvenirs.

François Neuville

Le vainqueur du Circuit de France a essentiellement couru en Belgique, son pays, pendant les deux années de guerre suivantes. Après la Libération, il a participé à la course Monaco-Paris en 1946 (abandon) et s'est classé deuxième de Paris-Brest en 1948. Il a pris sa retraite sportive à la fin de l'année 1949. Il est décédé en 1986 à l'âge de soixante-quatorze ans.

Louis Thiétard

Le coureur nordiste, deuxième du Circuit de France, a poursuivi ses courses jusqu'en 1950, participant aux épreuves majeures sur route après la Libération. Il a mis fin à sa carrière en 1950. Il est décédé en 1998 à l'âge de quatre-vingt-sept ans.

Louis Caput

Le Parisien, troisième du Circuit de France qu'il a couru à l'âge de vingt et un ans, a connu ensuite une carrière brillante comme coureur et directeur sportif et a marqué l'histoire du cyclisme français. Champion de France en 1946, vainqueur de Paris-Tours ou présent dans neuf Tours de France, « P'tit Louis » a terminé sa carrière professionnelle en 1957. Puis il est devenu dans les années 1960 un directeur sportif reconnu. Avec l'équipe Mercier, il a ainsi dirigé Raymond Poulidor et Joop Zoetelmek. Il est décédé en 1985 à l'âge de soixante-quatre ans.

Jean Leulliot

Le rédacteur en chef de la rubrique sportive de *La France socialiste* a continué de suivre le cyclisme jusqu'au 17 août 1944, dernier jour de parution du quotidien. À la Libération, comme d'autres dirigeants de *La France socialiste* très engagée auprès du gouvernement de Vichy et de l'Occupant allemand, il a été mis en cause dans les différentes enquêtes et procès qui visaient les collaborateurs, risquant une lourde peine, voire la condamnation à mort. Il a alors bénéficié des témoignages favorables de ses confrères, y compris celui de Jacques Goddet, directeur de *L'Auto* avec lequel il était fâché, pour se sortir d'affaire. Leulliot est ensuite devenu un excellent organisateur de courses cyclistes et a relancé Paris-Nice en 1951. Il est décédé en janvier 1982.

Pierre Dréan

Le motard breton est revenu à Lyon un mois seulement après son évasion et a intégré l'un des nombreux réseaux de Résistance locale. À cette occasion, il a rencontré Jean Moulin et, grâce à ses talents de pilote, il est vite devenu une « estafette » très efficace. Engagé dans la lutte armée dès la fin de l'année 1942 en région rhônalpine, il a rejoint les Forces françaises libres à la Libération et participé aux combats jusqu'en Allemagne. Après une courte carrière dans l'administration à la sortie de la guerre, il a décidé de retourner en Bretagne et d'ouvrir un garage moto à Saint-Jacut-les-Pins.

Günther Kezer

Le major allemand est resté en poste à Paris à l'ambassade d'Allemagne et n'a quitté la capitale française qu'au début du mois d'août 1944. Mobilisé sur le front dans la bataille des Ardennes, il a été à nouveau blessé et fait prisonnier en janvier 1945 près de Hotton en Belgique.

Maurice Cressenssac

Il a poursuivi ses trajets de chauffeur-livreur en région parisienne, renoncé à toute vélléité de marché noir et revu souvent Gérard Massicot. En 1947, il a choisi de quitter la capitale pour le Lot où il avait de la famille. Il s'est installé à… Cressenssac pour ouvrir une épicerie. On dit qu'il y vendait un excellent jambon.

Francis Tafani

Le solide reporter du *Petit Provençal* est resté en activité dans son quotidien tout en rejoignant le réseau de Résistance Brutus. Avec Gaston Defferre, futur maire de Marseille, il est entré revolver au poing dans la rédaction du *Petit Provençal* en août 1944. Le quotidien est alors devenu *Le Provençal* et Tafani y a terminé sa carrière.

Noël Brisseau

Reparti à Vichy en octobre 1942, il a accueilli avec enthousiasme l'Occupant allemand. Malgré les aléas des gouvernements successifs, il a su se maintenir près du pouvoir jusqu'en août 1944 où il a choisi, comme des centaines d'autres miliciens ou collaborateurs anonymes, d'accompagner le maréchal Pétain et Pierre Laval dans leur retraite organisée par les Allemands à Sigmaringen. En octobre 1945, il a été arrêté près de Toulon où il se cachait dans un couvent, jugé et condamné à mort. Sa peine a été commuée en réclusion à perpétuité grâce à l'intervention de son père, François, devenu résistant et gaulliste convaincu en août 1944. M. Brisseau plaida la cause de son fils dans tous les cabinets ministériels et même jusqu'à la présidence. Avec succès. Brisseau père est également devenu un fournisseur attitré de vins de champagne à l'Assemblée nationale et au Sénat. Son fils a purgé sa peine à la centrale de Poissy. Libéré en 1968, il a décidé de partir vivre au Liban.

Lucien Courtial et Fernand Lesage

Les deux mécanos ont poursuivi leur tâche auprès de différentes équipes cyclistes pendant l'Occupation et à l'atelier de Joinville où ils travaillaient. Lucien, membre d'un réseau de Résistance, a été blessé dans les combats de la libération de Paris et a failli perdre l'usage de sa main droite. Après la Libération, ils ont activement repris le chemin des courses et participé comme mécanos à la course Monaco-Paris, puis, dès 1947, à plusieurs éditions du Tour de France. C'est ainsi qu'en 1957, Lucien a accompagné l'équipe de Jacques Anquetil dans sa première victoire dans le Tour.

Remerciements

Je tiens d'abord à remercier M. Émile Idée. Nos différentes rencontres, son témoignage, ses souvenirs d'une vie de champion et les documents qu'il m'a permis de consulter chez lui dès l'automne 2020 ont inspiré ce roman. Je salue son immense gentillesse de centenaire, offerte à chacune des visites que je lui ai rendues.

Merci à ma douce Christine, pour tout le temps qu'elle m'a accordé sans limites pour vivre la quête de ce long flirt historique et son écriture.

Merci à José Carlin Pérez, mon éditeur, pour sa confiance et son écoute ; et à mes précieux confrères, Michel Dalloni, complice de mes longs cheminements sur les routes du Circuit de France, et Philippe Broussard, fervent supporter de mon entreprise.

Merci enfin à toutes les personnes croisées, et très attentives à mes recherches, aux archives départementales de la Sarthe, de la Vienne, du Puy-de-Dôme, de la Loire et du Rhône, aux archives municipales du Mans, de Poitiers, de Limoges et de Saint-Étienne, et à la Bibliothèque nationale François-Mitterrand, sans oublier la consultation des sites Gallica et Retronews.

J'ai également enrichi mon travail avec la lecture de *La Presse et le Sport sous l'Occupation* de Jacques Seray (Le Pas d'oiseau, 2011),

Le Vélo à l'heure allemande de Jean Bobet (La Table Ronde, 2007), *La Ligne de démarcation dans la Vienne 1940-1943* de Christian Richard (La Geste, 2017). Une dernière mention pour le musée de la Vienne dans la Seconde Guerre mondiale à Tercé et sa riche exposition sur la ligne de démarcation. Ainsi naissent les histoires...

Table

Dépôt légal : mai 2023
Composition : Nord Compo

Imprimé en France en avril 2023
par Corlet Imprimeur à Condé-en-Normandie
N° d'impression : 23040268